大师谈思想

THE MASTER'S INTELLIGENT SERIES

半 间／编著

时代文艺出版社
SHIDAI WENYI CHUBANSHE

图书在版编目（CIP）数据

大师谈思想 / 半间 编著. —长春：时代文艺出版社，2011.4（2023.7重印）
（世界大师的生命智慧）

ISBN 978-7-5387-3704-2

I. ①大... II.①半... III. ①散文集—世界 IV. ①I16

中国版本图书馆CIP数据核字（2011）第140171号

出 品 人　陈　琛

选题策划　朱凤媛

责任编辑　苗欣宇　田　野

装帧设计　孙　俪

排版制作　陈　萍

大师谈思想

半间 编著

出版发行 / 时代文艺出版社

地址 / 长春市福祉大路5788号　龙腾国际大厦A座15层　邮编 / 130118

总编办 / 0431-81629751　发行部 / 0431-81629758

官方微博 / weibo.com/tlapress

印刷 / 永清县晔盛亚胶印有限公司

开本 / 710×1000毫米　1 / 16　字数 / 235千字　印张 / 15

版次 / 2012年1月第1版　印次 / 2023年7月第3次印刷　定价 / 58.00元

目录

C O N T E N T S

大师智慧书系

大师智慧书系

普里什文

米哈伊尔·米哈伊洛维奇·普里什文（1873—1954），前苏联著名作家。
年轻时当过农艺师，后来，对文学产生了兴趣，开始潜心创作。
作品有《在飞鸟不惊的地区》《亚当和夏娃》《黑色的阿拉伯人》
《大自然的日历》和自传体长篇小说《恶老头的锁链》等。

大师谈思想

001

※ 马蹄

　　大约十二年前，也就是1926年，我来到赛尔吉耶夫（现在叫扎果尔斯克）。在那里我为了找住房费了好些日子，谁愿意把房子借给我这个带着五只猎狗的人住呢！我不得不购买了一座带有一片空地的小房子，安顿成我的长久住宅。我的右邻——塔拉索夫娜饲养山羊，左邻住着一户剥死兽皮的人家。人们把那些老了的或是伤残了的马送到他那里，他把马宰了，马肉自己享用，毛皮给主人，而骨头则陆陆续续地喂了别人家的狗。在我们几家的地段之间没有任何栅栏，大部分被狗啃过、经过风吹雨打而发白的骨头都扔在我家的地段上。塔拉索夫娜的那些山羊常到我的地段或是屠夫家的地段来吃草，我的疯狂的猎犬常常欺侮它们。

没过多久，我便在我的区域四周围起了榭木栅栏，把骨头扔了出去，把土地开垦了，羊和狗也分开了。那时我养着这样几只猎狗：亚利克——爱尔兰猎犬，肯达——德国种，有波状长毛的猎犬，肯达的孩子——一年的狗崽涅尔里、杜别茨，还有善于追捕野兽的"夜莺"。这几只狗在我圈起来的地段自由自在的散步，有时它们刨出一些马骨头，于是就忙活这些骨头，争来抢去。后来，我发现它们将骨头啃得差不多了，就赶快抢过来扔到栅栏那边邻居的地段去，这样多少改变了过去我家那种凌乱的局面。后来我又买来了一只公鸡，这下可好了，公鸡一打鸣，我的屋子就开始热闹起来了。

夏天——春天和秋天的狩猎间隙，我坐在菜园里篱笆附近唯一的一棵椴树下的小桌上写我的文章。这张小桌的四只脚是埋在地下的。小桌上面悬挂着一架秋千，写一会儿，我就翻一会筋斗，把身子向上拔起来，接着再给黄瓜浇浇水，喝杯茶，然后又接着写。生活像我希望的那样进行着，但有一点不大好，就是这几条狗对我的写作妨碍颇大。毫无疑问，我成了吸引它们的中心。它们在我周围一会儿玩，一会儿争吵打闹，掀起一阵阵尘土。我本该把它们哄走，然而不知怎的我总是不能制服这些朋友，甚至有时看着它们玩耍比我写作还有意思。它们掀起的浓密的尘土令我窒息，争吵时受了委屈的狗蜷缩在我的膝前，我得评判谁是谁非，处罚有错误的狗。我这样做的缺点是忽略了几条狗之间的关系，使它们变得凶狠了，这一点严重影响了我的工作。

有一次发生了这样一件事：肯达在离菩提树不远的地里刨出了一只马蹄，它早就被啃光了，没有任何可吃的东西，完全是一个角质的光秃的马蹄，带着一块生了锈的马蹄铁，上面还挂着钉上去时就打弯了的马钉。我看到这样的垃圾本想从栅栏上给邻居扔过去，但聪明的肯达把可怕的眼神投向我，它用迷信的恐惧的眼光瞅着这只风吹日晒陈腐了的马蹄，就像小孩或是愚昧的成年人望着一件自己不明白的东西。肯达的举动引起了其他几只狗的注意，它们缓慢而小心翼翼地向它靠近。肯达看到那几只狗离自己已经不远，把嘴张到我都感到可怕的程度，咬住了马蹄，爬到我的小桌底下，以狮子的姿势卧下来，马蹄就在它的两只前爪之间。其他的狗像施了魔术似的慢慢向小桌移动，走到了肯达的视线看不到的地方，形成了半包围圈，卧在那里，注视着马蹄，其姿势就像是被发掘出的财宝的享有者。可是，只要其中一条狗悄悄向前挪动一下，超过规定的界限，肯达就要凶狠狠地嗥叫，边境破坏者只得垂下尾巴，重新退回原地。

很快我便深信，我书桌周围的这种宁静的局面不是偶然的，也不是暂时的。虽然是一只啃光了的马蹄，然而狗与狗之间的气氛却是太严重了。由于肯达一开始就不照顾别的狗，内讧已经不可避免。不过，肯达终于独霸了马蹄。唉，其实它只不过是一块普普通通啃光了的而又被风吹雨打太阳晒的骨头罢了。也许，蹄子这样的物质会发出一种令动物特别垂涎的气味，甚至在狗牙齿尚未碰到前，鼻子已经嗅到了。正是由于这样的"精神"气味，在一片寂静和无限延长中，肯达实现了对其他几条狗的统治权。

我的狗对上帝的存在没有丝毫怀疑，这个上帝就是我。世界上的一切事物包括马蹄都是我创造的。既然是上帝给的，上帝也可以拿回去。于是我撂下手里的工作，捡起地上的马蹄随身带着。第二天，我把马蹄装在一个自己编制的小箱子里，和我那些纸呀，书本呀一起带在身边。我不让一只狗感到委屈，我想让它们挨个掌权，我依次选好了最高当权者，让它卧在桌子下面我的脚旁；其他所有的狗也都秩序井然地形成半圆卧在小桌旁边，摆出那种狮子般的姿势。这样安排好了以后，我便打开我的宝箱，把财宝取出来，轮到的幸运者开始掌权了，而我在这样的宁静中写我的关于动物习性的故事。

十二年过去了，我所有的狗：亚利克、肯达、涅尔里、杜别茨，还有"夜莺"，我都写过它们。我的大多数书是为成年人写的，为孩子们写的书在我国已经出售一空，有些书已开始越过国境。不仅如此，那些以我的狗的名字给自己猎狗命名的猎人经常可以遇到。有多少封充满友谊的信，就有多少朋友。

这一切自然都很好，只是一点不好：我所写过的这些狗现在已没有一条活在世上。

它们为我和人们之间建立了友谊之后就永远地消失了。肯达死于心脏病，继它之后不久，涅尔里和杜别茨也突然死于同一遗传的疾病。"夜莺"死了，只有最好的追捕能手才能有它这样的死：在追捕一只狐狸的过程中，瘫痪攫住了这只老猎狗。至于讲述亚利克的死，我到现在还感到沉重。我的猎狗就这样死去了。

那个有名的宝箱里留下的只有编织粗糙的小盒子；马蹄不仅丢了，我甚至都把它忘了，十之八九是我的家人中不知谁清理我的废品时，把那个破玩意儿扔到污水坑里去了。

最近我常坐在我家的菩提树下，就在过去那张小桌子旁。生下才四个月的光毛猎犬奥斯曼，毛色黝黑光亮，跟它的妈妈拉达，还有西伯利亚爱斯基摩犬比亚正在忙活着。有时甚至那只特别善跑的英俄杂交猎犬特鲁巴契也参加这种不停的忙活。空气里尽是尘土，简直无法呼吸。突然，游戏停止了，拉克开始刨起来，两只前爪不停地工作；它的儿子奥斯曼可笑地摹仿它，而其余的狗莫名其妙地站在旁边。就在那时，拉达也带着肯达当年所有过的奇怪表情望着下面，并且威胁似的露着牙齿吼叫着，把别的狗都赶开，只有奥斯曼一个不听它的，为此它大受申斥，委屈地吼叫着跑到我的脚跟前。

一只带着马蹄铁的马蹄又一次被刨出来，呈现在光天化日之下。我自然照旧把它放在小箱子里，每天指定那些狗轮流当最高统治者。在这个宁静的小圈子里我写我新养的这几条狗。但是我得承认，我总觉得欠缺点什么。当然，我的爱犬肯达是永不会再回到这儿了，只有现在我才真正懂得老猎人的体会：对于一个猎人来说，真正的猎犬只有一条。

这时，有人敲篱笆门。要是肯达活着，这个时候听到了敲门声难道它会跑到大门跟前去而置神秘的宝贝于不顾？不，它肯定是以吠叫来回答敲门声。可拉达这时慌忙飞跑到大门跟前，还让所有的狗都跟着它。我只来得及抓住了跑得最慢的奥斯曼，用手指着马蹄，是想让它明白，这会儿一条狗都没有，它可以轻而易举地掌握统治权。

我津津有味地想象着，这只小奥斯曼将要在马蹄的帮助下统治那些比它大的狗。奥斯曼明白了我的意思，悄悄走了过去，可是想起不久以前为了这只马蹄所受的申斥，它停了下来。奥斯曼蹑足而行，希望不管怎样要安全到达，要鼻子先闻一闻，要是不可怕就留下来，要是不妙，赶快逃走。

"前进！"我命令它。

它向前闯了一下。

"勇敢点！"

它哆嗦起来，尽量把身子伸直，看来，它的鼻子已经闻到了我们所难以闻到的马蹄味，这种特殊的气味吸引了它。突然，它倒了下来，夹起尾巴往后跑，躲到高高的马铃薯丛后面去了。

群狗转了回来。拉达开始寻找马蹄，可是我已经结束了工作，把宝贝又放进了小箱子。当奥斯曼从恐惧中清醒过来后，便把头从绿茵中伸出狂吠起来。

（茹香雪　译）

※ 荒野

在荒野里，人们只是沉浸在自己的思绪中；人怕待在荒野里，就是因为怕独自静处。

这是很久很久以前的事情了，但是我还没有忘掉；当我还活着的时候，这也不想忘掉。在那久远的"契诃夫"时代，我们两个农艺师，彼此几乎是不相识的，为了播种牧草的事情，同乘一辆小马车，到古老的沃洛科拉姆斯克县去。途中我们遇到一大片望不到尽头的含蜜的叶芹草，青翠欲滴，草花盛开。在晴朗的日子里，在我们莫斯科近郊妩媚的自然界中，这片鲜艳夺目的花的原野，蔚为奇观。仿佛是青鸟们从远方飞来，在这儿宿了夜，飞走之后，留下了这片青色的原野。在这片含蜜的青草丛中，我想，现在该有多少虫儿在争鸣啊。但是，马车在干硬的道路上发出轰隆声，令人什么也听不见。被这大地的魅力迷住了的我，把播种牧草的事情，早抛在九霄云外了，一心只想听听花丛中虫儿的鸣声，于是我请求旅伴把马儿勒住。我们停了多少时候，我在那儿跟青鸟相处了多少时候，我说不上来。只记得我的心灵随着蜜蜂儿一起飞旋了一阵之后，便向那位农艺师转过头去，请他赶车上路；这时，我发觉，这位貌不出众、饱经风霜的胖子正在观察我，惊讶地打量我。

"我们干吗要停留？"他问道。

"不为别的，"我答道，"我是想听听蜜蜂的声音。"

农艺师赶起了车。于是我也从旁边观察起他来，我发觉他有点儿异常。待我再瞥他一两眼后，我就完全明白，这位极端崇尚实务的人，也若有所思起来了；也许是由于我的影响，他已经领略到这叶芹草花儿的魅力了吧。

他的沉默叫我很不自在。我拿闲话来问他，想打破沉默，但他对我的问话毫不在意。仿佛我对大自然所抱的一种非务实的态度，也许竟是我那略带稚气的青春，触动了他，使他想起自己的黄金时代；在那黄金时代里，每个人都几乎是诗人。为了使这位红脸膛、大后脑勺的胖子回到现实生活中来，我向他提出了当时十分重要的实际问题。

"照我看来，"我说，"没有合作社的支持，我们播种牧草的宣传，只是一场空谈而已。"

他却问道："您可曾有过自己的叶芹草？"

"您问什么？"我摸不着头脑。

"我问的是，"他重复说，"有过她吗？"

我明白了，于是像一个男子汉所应做的那样答复他：我当然是有过的，这是不消说的……

"她来了吗？"他继续盘问道。

"是的，来了……"

"哪儿去了呢？"

我感到痛苦。我什么也没有说，只是微微地摊开两手，表示她现在没有了，早已不见了。之后，我想了想，又说起叶芹草："仿佛是青鸟宿了夜，留下些青色的羽毛罢了。"

他半晌不语，沉思地凝视着我，然后自己得出了结论："这么说，她是再也不来了。"

他环顾了一下那遍地青青的叶芹草，接着又说："青鸟飞过，留在原野上的也只能是青色的羽毛啊。"

我觉得，他好像在用力，再用力，终于在我的坟墓上堵上了墓石，我还一直在等着呢，现在可仿佛永远完结了，她永远不会来了。

突然，他号啕大哭起来了。这时，在我的眼里，他那大后脑勺，那肥厚的下巴，那由于脸胖而显得细小的狡黠的眼睛，似乎都不存在了。于是我怜悯他，怜悯他在生命力勃发时的整个身心。我想对他说几句安慰的话，我接过了缰绳，把马车赶到水边，浸湿了手帕，给他擦脸，让他清醒清醒。他很快就平静了，擦干了眼泪，重新拿起了缰绳，我们照旧前行。

过了一会儿，我又对他说起播种牧草的事情，我说，没有合作社的支持，我们根本没法说服农民进行三叶草轮作。我这种看法，我当时觉得是很独到的。

"曾度过美好的夜晚吗？"他问道，对我有关工作的话题置之不理。

"当然度过的。"作为一个男子汉，我直言不讳地回答他。

他又沉思起来了，好一个折磨人的家伙！他接着又问道："怎么的，只有一夜吗？"

我厌烦了，几乎生起气来，好容易控制住自己，拿普希金的名言来回答他那一夜或两夜的问题：

"整个生命就只是一夜或者两夜。"

※ 它们多么美好

乌鸦

我试枪的时候，打伤了一只乌鸦——它飞了几步路，落在一棵树上。其余的乌鸦在它上空盘旋一阵，都飞走了，但有一只降了下来，和它停在一起。我走近，近得一定会把那只乌鸦惊走的。但是那一只仍然留着。这该如何解释呢？莫非那乌鸦留在伤者身旁，是出于彼此有某种关系的感情吗？就好像我们人常说的，出于友谊或者同情？也许，这受伤的乌鸦是女儿，所以为娘的就照例飞来保护孩子，正像屠格涅夫所描写的那只母麻雀奔来救它那小麻雀。这种感人的事情，在鹌鹑目动物中是屡见不鲜的。

可是转念一想，眼前是食肉的乌鸦呀，我脑子里不禁又有了这样不愉快的想法：那停落在伤者身边的第二只乌鸦，也许是嗅到了血腥味，醺醺然一心妄想马上能饱餐一顿血食，所以就挨近死定了的乌鸦，强烈的私心使它丢不开垂危的同类。

如果第一个想法有"拟人观"，也就有把人类感情搬到乌鸦身上去的危险，那么第二个想法就有"拟鸦观"的危险，也就是说，既然是乌鸦，就一定是食肉者无疑了。

松鼠的记性

我在想着松鼠：如果有大量储备，自然是不难记住的，但据我们此刻寻踪觅迹来看，有一只松鼠却在这儿的雪地上钻进苔藓，从里面取出两颗去年秋天藏的榛子，就地吃了，接着再跑十米路，又复钻下去，在雪地上留下两三个榛子壳，然后又再跑几米路，钻了第三次。绝不能认为它隔着一层融化的冰雪，能嗅到榛子的香味。显然它是从去年秋天起，就记得离云杉树几厘米远的苔藓中藏着两颗榛子的……而且它记得那么准确，用不着仔细估计，单用目力就肯定了原来的地方，钻了进去，马上取了出来。

初雪

昨天晚上没来由地飘下了几片雪花，仿佛是从星星上飘下来的，它们落在地上，被电灯一照，也像星星一般烁亮。到早晨，那雪花变得非常娇柔，轻轻一吹，便不见了。但是要看兔子的新足印，也足够了。我们一去，便轰走了兔子。

今天来到莫斯科，一眼发现马路上也有星星一般的初雪。而且那样轻，麻雀落在上面，一会儿又飞起的时候，它的翅膀上便飘下一大堆星星来。而马路上不见了那些星星以后，便露出一块黑斑，老远可以看见。

茶炊

有时心中是这样的恬静，这样的莹澄。你以这种心境去观察任何一个人，如果他漂亮，你就会赞美，如果他丑陋，你就会惋惜。那时，你无论是遇上什么物件，都会感觉到那里面有把它创造出来的人的心。

此刻我在摆弄茶炊，这是我使用了30年的一个茶炊。我亲爱的茶炊这时候火着得格外欢快，我小心地侍弄，免得它沸腾起来的时候，淌下眼泪。

三个兽洞

今天在一个獾洞旁边，我想起了卡巴尔迭诺——巴尔卡里亚在黄峭壁上的三个兽洞。我曾在那儿把沙地上的足迹细细考察了一番，得知了獾、狐狸和野猫同居的一个极有趣的故事。

獾为自己挖了一个洞，狐狸和野猫却来和它同居。不干净的狐狸浑身恶臭，不久就把獾和野猫撵了出去。獾只得在稍高的地方再挖一个洞，和野猫住在一起，那臭狐狸仍旧留在老洞里。

梭鱼

一条梭鱼落进我们安设的网里，吓呆了，一动也不动，像根树枝。一只青蛙蹲在它背上，贴得那么紧，连用小木棒去拨，半天也拨不下来。

梭鱼果然是灵活、有力、厉害的东西，可是只要停下来 青蛙就立刻爬了上去。因此，大概作恶的家伙是从来也不肯停手的。

田鼠

田鼠打了一个洞，把眼睛交还给了大地，并且为了便于挖土，把脚掌翻转过来，开始享受地下居民的一切权利，按着大地的规矩过起日子来。可是水悄悄地流过来，淹没了田鼠的家园。

水为什么要这样做呢?它根据什么规矩和权利可以偷偷逼近和平的居民，而把它赶到地面上去呢?

田鼠筑了一道横堤，但在水的压力下，横堤崩溃了，田鼠筑了第二次，又筑了第三次；第四次没有筑成，水就一涌而至了，于是它费了好大的劲，爬到阳光普照的世界上来，全身发黑，双目失明。它在广阔的水面上游着，自然，没有想到抗议，也不可能想到什么抗议，不可能对水喊道"看你"，像叶甫盖尼对青铜骑士喊的那样。那田鼠只恐惧地游着，没有抗议；不是它，而是我这个人，火种盗取者的儿子，为它反对奸恶的水的力量。

是我这个人，动手筑防水堤。我们人汇集来很多，我们的防水堤筑得又大，又坚固。

我那田鼠换了一个主人，从今不依赖于水，而依赖于人了。

啄木鸟

我看见一只啄木鸟，它衔着一颗大云杉球果飞着，身子显得很短（它那尾巴本来就生得短小）。它落在白桦树上，那儿有它剥云杉球果壳的作坊。它啃衔云杉球果，顺着树干向下跳到了熟悉的地方。可是用来夹云杉球果的树枝叉处还有一颗吃空了的云杉球果没有扔掉，以致新衔来的那颗就没有地方可放了，而且它又无法把旧的扔掉，因为嘴并没闲着。

这时候，啄木鸟完全像人处在它的地位应该做的那样，把新的云杉球果夹在胸脯和树之间，用腾出来的嘴迅速地扔掉旧的，然后再把新的搬进作坊，操作了起来。

它是这么聪明，始终精神勃勃，活跃而能干。

毛姆

威廉·索默赛特·毛姆（1874—1965），英国著名作家。
主要作品有《人间的枷锁》《月亮和六便士》《剧院》等。

大师谈思想

011

※ 生命力

　　生命力是非常活跃的。生命力带来的欢快可以抵消人们面临的一切艰难困苦。它使生活值得过，因为它在人的内部起作用，用它的辉煌火焰向每个人的处境投射光明，所以无论人怎样都能忍受得了生活。

　　悲观主义的产生往往是由于你设身处地想象别的感受。这就是小说所以那么不真实的多种因素之一。小说家以他的私人小天地为素材，创造出一个公众的世界，把他自己特有的敏感性、思维能力和感情力量加在他想象的人物身上。

大多数人不大有想象力，他们感受不到富于想象力的人觉得无法忍受的坎坷境遇。以私生活不受干扰为例。极贫困的人习以为常，根本不以为意，而我们对此非常重视，最怕私生活受到干扰。他们嫌恶独处，和人群在一起使他们感到踏实。每一个他们居住在一起的人都会注意到，他们不大妒羡富裕的人。事实是，我们认为必不可少的东西，有许多他们并不需要。这是富裕者的运气。因为除去是瞎子，谁都可以看到，大城市里的无产阶级全都生活在何等的苦难和纷扰之中，多少人没有工作做，可以做的工作又是那么沉闷，他们，他们的妻子儿女，都生活在饥饿的边缘，前途是望不到头的贫穷。

如果只有革命才能改变这个局面，那么让革命早日到来吧！当我们看到，即使在今天，我们习惯于称为文明国家的社会里，人与人之间的关系是那么残酷无情，真不能轻易断言他们的生活比过去好。

不过，尽管如此，我们还不妨认为这个世界总的说来比历史上过去的世界是好了些。大多数人的命运虽然不好，总不像过去那样可怕。我们有理由希望，随着知识的增长，许多令人深受其苦的邪恶将被消除。尽管还有许多邪恶势力继续存在。

我们是大自然的玩物。地震将继续造成惨重灾害。干旱将使谷物枯萎，突然而来的洪水将摧毁人们精心营造的建筑物。唉，人类的愚蠢将继续发动战争并蹂躏彼此的国土，不能适应生活的婴儿还将继续出生，结果生活将成为他们的沉重负担。世界上的人只要有强弱之分，弱者一定要被强者逼得走投无路。除非人们摆脱掉私有观念的符咒——我想那是永远不可能的——他们永远要从无力的人手里攫夺他的所有。只要人们自我完成的本能存在一天，他们就会不惜牺牲别人的幸福，恣意发挥自己的这种本能。

总而言之，只要人是人，他必须准备面对他所能忍受的一切邪恶和祸患。

※ 死亡与人生的型式

斯宾诺莎说过，一个自由的人想得最少的莫过于死亡。没有必要去多想它，但是有那么多人那样一味回避，丝毫不加考虑，也是不近情理的。一个人应当对此有个决定性的看法。在死神来到面前之前，谁也不知道自己怕不怕死。我常常竭力想象，如果有个医生对我说，我患了不治之症，没有多少时候可活，我将是什么样的心情。我曾经把这心情放进我创作的各种人物的嘴里，不过我知道我这样做时是把这心情戏剧化了，不能说那真是我确确实实感受到的。

我并不认为自己对生命有非常强烈的本能的执著。我生过好几次重病，但只有一次知道自己是濒临死亡的边缘了；而那时候我已经疲惫得不知恐惧，只想终止挣扎。

死是避免不了的，如何死法也无关宏旨。有人希望不要知道死亡即将来临，而有幸能够没有痛苦地死去，我认为他们的企求是无可非议的。

我一向惯于生活在未来之中，所以虽然如今我的未来是那么短暂了，还是摆脱不了这个习惯，我的心灵怀着一种特殊的安宁，盼望在不定的年限里完成我刻意制定的人生型式。有时候我一瞬间是那么激动地迫切冀求死亡，恨不得插翅扑去，有如扑进情人的怀抱。它给予我的强烈刺激，不亚于当年生活给我感受的。我陶醉在这种思想之中。在那些时刻，它好像赐予了我最后的绝对自由。

虽然如此，我还是愿意活下去，只要医生能给我保持还可以的健康情况；我欣赏这五光十色的世界，我对它将发生的一切颇感兴趣。许多和我同时并行前进的人们的结局不断地给我提供思索的粮食，有时给我证实我长年来形成的种种理论。我将为离别亲友而哀伤。我不能对某些受我教导和保护的人的命运漠不关心，不过他们依赖了我那么长久，也该享受他们的自由，无论自由将把他们引向何处。我在这个世界上长时期地占着一个位置，愿意早日空出来让给他人。

归根结底，一个人生的型式，关键在于完成。当再添加些什么反要破坏设计的时候，艺术家便放下了他的作品。

　　但是现在如果有人问我，这个型式有什么用处或意义，我只能回答说：一点没有。这仅是我在人生的空虚无聊上面硬加上去的东西，因为我是个小说家。为了自己乐意，为了自娱，为了满足我一种仿佛是本能的需要，我按照着某种设计，要求我的一生构成一种型式，有开头、有中段、有结尾，一如我拿各处遇到的人们作材料，编写成剧本或者长篇或短篇小说。我们是我们的性格和我们的环境的产物。我没有达成我理想的型式，连我比较向往的型式也没有达成，而只是完成了一个似乎还可以的型式。

　　有许多人生的型式都比我的好。我相信，我并不仅是受了文人常有的幻想的影响，反正我认为最佳的人生型式属于庄稼人，他耕种、收割，他以他的劳作为乐，以他的闲暇为乐，他恋爱、结婚、生儿育女，最后寿终正寝。我仔细观察了那些有福的土地上的农民们，那里无需过分的劳动而五谷丰登，那里个人的欢乐和辛苦正是人类共同的命运，在那里我似乎看到了尽善尽美地体现了尽善尽美的人生。在那里，人生好比一篇优美的小说，从开头到结尾循着一条稳定而连贯的线索演进着。

雷哈尼

阿明·雷哈尼（1876—1940），黎巴嫩旅美派作家、诗人。
主要作品有游记文学《阿拉伯列王志》《黎巴嫩腹地》，
散文集《你们这些诗人》《雷哈尼散文集》等，直接用英文写作诗文多种。

※ 会说话的树

在美国加利福尼亚的密林中，有许多参天古木。其粗大，其久远，都胜过黎巴嫩杉。有的巨树树干竟被凿穿成洞，车辆可以从中通行，难道这一点还不足以证明它们是多么惊人的粗大！要说古老，其证明莫过于在那片森林中有些树干竟有了石化。但是作为世界奇观的加利福尼亚的树木，它们也不过就是一些庞然大物，既没有什么奥秘引人探索，也没有什么意义供人叙述。它们确实大，确实老，然而却又聋又哑又不会生育；它们没有故事，也没有历史；没有一位先知在它们的阴影下生活过，也没有一位诗人对他们动过情、吟过诗。它们当年荫庇的只不过是原始人和林中兽，而他们却没有什么思想和情感播种在这些树木的四周。这些树木的巨大纯粹是物质的，它们的声誉所至，仅限本国土地，知其者也不过是些学者、游客而已。

而杉树和其他一些树，如穆斯林心目中的酸枣树、佛教徒心目中的菩提树，其中自有一种尊贵、伟大之处，这种尊贵、伟大是无形的，绝非物质。那杉树有一种声音，永不消逝，纵然树本身会死去。杉树是一种会说话的树，它，会将历史的秘密，还有人类心灵的秘密宣扬、倾诉。

你瞧！这些树竟有这样崇高的地位，以至于它们越粗大越古老就越壮丽，这究竟是何道理？人类把自己一些心灵和希望同泥土、阳光、水和空气混合在一起，这一切岂能是徒劳无益？

是什么使我们在杉树枝叶的瑟瑟中仿佛听到了历史的声音？在这些树的灵魂与那些诗人、信徒的灵魂之间究竟有什么神秘的关系？我并非在此故弄玄虚。我仿佛觉得信仰园圃中的一粒种子、爱的源泉中的一滴水，从人的手中、心里落到这种树的根旁，于是与它混合在一起，化为它的枝，成长；化为它的花，开放；化为它的果实，结实；化为它的树脂，变成香烟袅袅升腾于天际。

爱将永世长存。那些受先知和诗人钟爱的树木具有永恒、崇高的灵魂。黎巴嫩杉正是这类树。它们与世长存。一派生机，它会说话，述说着大自然与人生的奥秘；它蕴涵着神性，也赋有人类精神方面的品质。

（仲跻昆 译）

科契奇

佩塔尔·科契奇（1877—1916），前南斯拉夫作家。
主要作品有三卷本小说集《山上和山下的故事》等。

※ 云杉和松树

从光辉明朗的空际溢出生机盎然闪烁欢快的光芒。

杜鹃泪这令人睡意正浓的早开的山花四处飘香。湿润的林中草地上，妄自尊大的藜芦傲慢地伸展着绿叶，而在阳光温暖下干燥而多石的地方，业已腐烂的去年的蕨科植物丛中，处处香气袭人的紫罗兰也已初露新绿。

鸟儿响亮地同声啼啭鸣唱，欢天喜地地抖动着身躯，在树枝上飞来飞去。缕缕缕炊烟从熏黑的烟囱里缓缓升起，无忧无虑地轻轻飘向晶莹剔透的蔚蓝色天空，消失在傲然矗立于村庄上方苍翠的云杉树林里。

碧空如洗、阳光明媚的天空下，云杉和松树傲然挺立，雄伟苍劲，岿然不动。它们总仿佛忧伤不已，沉思绵绵。万物为生命复苏而欢呼雀跃，而它们呢？无论大地是春、是夏、是秋，还是冬，它们都无动于衷！它们永远是那样的冷漠阴森，悲伤惆怅，因为它们的心儿在呻吟，然而却无人听见；它们泪珠涟涟，然而却无人看见。

每当我眺望它们的时候，我内心备感沉重。大自然为何对我心爱和珍惜的云杉和松树这般严酷？

我的云杉，我的松树，我也失去了一切希望；我的生活也同你们的生活一样充满了默默的隐忧，因而，心儿也在呻吟，但这呻吟无人听见，眼泪也在流淌，但这眼泪却无人看见。

啊，我知道，你们锐利刺人的松针，那是凝固了的眼泪，而你们的一身绿装，那是对从不向我们绽开笑容的常青之春深深的思念，默默的思念！……

心儿在呻吟，但无人听见；眼泪在流淌，但无人看见。

（高韧 译）

彼林

埃林·彼林（1877—1949），保加利亚作家。
重要作品有《短篇小说》两集、幽默作品《我的烟灰》等。

大师谈思想

019

※ 鹰的羽毛

我是一个孩子。在草原上跑过，我看见一片鹰的羽毛。我把它高高地擎在手中，尽我的力跑过草原，似乎我像鹰一般轻捷飞着。

我变成青年了。我用鹰的羽毛来装饰我的帽，爱上一个世界上最美丽的姑娘。谁比我更快乐呢?

我是穷的，除了鹰的羽毛之外没有什么了，于是我所爱的是靠不住了；他们对她说，一个人只有一片鹰的羽毛不能在这个世界过好生活的，于是她容易地明白了这个，她丢弃我了。

没有比我更不幸的人了。

我藏了这羽毛。我的心不愿再戴这东西了。在我的灵魂里有不能解除的悲哀。从那时起我才知道一切的穷人怎样和我一样受苦——或比我还厉害。

我又取出鹰的羽毛。但我已不是一个要它玩耍的孩子，也不是要它装饰的青年了，我把它削尖做成一支笔。

我想写些愉快的东西，但我写出它时，它是悲哀的。

※ 孤独的树

一阵肆虐的狂风从遥远的树林里刮来两颗种子，随意将它们分撒在田野里。雨水将它们润湿，泥土将它们埋藏，阳光给它们温暖。于是，它们在田地里长成了两棵树。

最初，它们十分矮小，然而无心的时间把它们高高地拉离地面。它们便能眺望得比从前远多了。

它们也能彼此看见了。

田野十分辽阔，直到那葱绿的平原的尽头，也看不到任何其他的树木，只有这两株远远分隔着的树，形影相依地伫立在田野中间。它们的枝丫纵横交错，仿佛是些用来丈量这旷野的奇怪的标尺。

它们遥遥相望，彼此思念，彼此倾慕。然而，当春天来临，生命的力量给它们温暖，充盈的液汁在它们体内流动起来时，它们心中也勾起了对那永有的、同时也是永远离开了的母林的思念。

它们会心地摇动着树枝，相互默默地打着手势。当一只小鸟像一种心念从这棵树飞到那棵树的时候，它们就高兴得战栗了起来。

狂风暴雨来临时，它们惶恐地东摇西摆，折断了树枝，呜呜地呻吟叫喊，仿佛想挣脱地面，双方飞奔到一起，紧靠支撑，并在相互拥抱中获得解救。

夜晚到来，它们消失在黑暗中，重又被分隔开来。它们痛苦得如同病魔缠身，它们祈求地仰望天空，期望快快给它们送来白日的光辉，以求再能彼此相见。

如果猎人和干活的人坐在它们中一个的影子下休息，另一个就忧伤地喃喃低语，沉痛地诉说孤独的生活多么苦恼，离开亲人的日子过得多么缓慢、沉重、没有意义；它们的理想因得不到理解而消失；它们的希望因不能实现而破灭；找不到慰藉的爱情多么强烈，没有亲情的处境多么难以忍受。

（陈九瑛 译）

黑塞

赫尔曼·黑塞（1877—1962），德国诗人。
1904年出版第一部长篇小说。他的作品有《罗斯哈尔德》《悉达多》《草原之狼》
和《玻璃球戏》等。1946年获诺贝尔文学奖。

※ 论年龄

　　古稀之年在我们的一生中是一层台阶，跟其他所有的人生台阶一样，它也有自己的外表、自己的环境与温度，有自己的欢乐与愁苦。我们满头白发的老年人跟我们所有的年纪较轻的兄弟姐妹一样，有我们的任务，这任务赋予我们的生命以意义，甚至连病入膏肓的人和行将就木的人，这些尘世的呼唤都已难于送达到他们卧榻的人也都有他们的任务，有着重要的和必要的事要由他们来完成。年老和年轻同样是一项美好而又神圣的任务，学着去死和死都是有价值的天职，这和其他天职一样——前提是对人生的意义和圣洁要怀着尊崇的心情去履行这一天职。一位老年人，如果他只是憎恨和害怕自己年纪老，憎恨和害怕满头白发以及死之将至，那他就不是登上这一人生台阶上令人尊敬的代表，这正如一个年轻力壮的人憎恨他的职业和他每日的工作，并试图逃避它们是同样不受人尊敬的。

简而言之，作为老年人，为了实现老年人的意义，并胜任他的职责，那他就得承认自己是老了，承认年老带给他的一切，并必须对此作出肯定的回答。若是没有这个肯定的回答，若不能为大自然向我们要求的一切做出牺牲的话，那我们活着的价值和意义——不管是年老，还是年轻——就都失去了。我们也就欺骗了生命。

每个人都知道，古稀高龄会带来疾病和苦楚，并且知道死神就站在他生命的终点。你会年复一年地做出牺牲，有所放弃。你必须学会不信任自己的感觉与力量。不久前还是短短的一次散步的路程，现在变得漫长了，觉得吃力了，有朝一日我们再也没有能力走下去了。我们一辈子都爱吃的饭菜，我们也不得不割舍。

肉体的欢娱与肉体上的享受越来越少，并且还得付出更高的代价。尔后，一切健康上的损伤和疾病，感觉变得迟钝了，各器官的功能也减退了，诸多的痛楚，尤其是经常发生在那漫长的令人恐惧的黑夜里——所有这一切都是不可否认的，这是严酷的现实。但是一味沉溺于这一衰退的过程，看不到古稀高龄也有它的好处、它的优越性、它的令人快慰和欢乐之处，那就太可怜、太可悲了。当两位老年人彼此相遇，不该单是谈那该死的痛风，谈上楼时腿脚的僵硬和呼吸的困难，他们不该光是交流各自的痛苦与令人心烦的事，也应该谈谈他们各自令人愉快和令人欣慰的经历。而这样的事有很多。

每当我想起老年人生活中这些积极的和美好的一面，想到我们这些白发苍苍的人也知道力量、耐心和欢乐的源泉之所在——这在年轻人的生活中是无足轻重的——这时我就不必去谈论宗教和教会的慰藉作用。这是神职人员的事。但是，我大概可以满怀谢忱地举出几项年龄送给我们的礼物。在这些礼物中我认为最珍贵的是：在漫长的一生后保留在我们记忆中的各种画面的宝库，随着行动能力的消失，我们将以完全不同于往昔的方式去追忆这些画面。

那些六七十年来不复存在于地球上的人的形象和面容，它们还在我们身上继续存活下去，它们是属于我们的，它们陪伴着我们，它们用充满生气的目光注视着我们。在此期间消失了的或是完全变了样的屋宇、花园、城市，在我们看来却跟昔日一样未曾变样，我们发现几十年以前旅行时见过的远处的山峦和海滨，依然色彩鲜艳地留存在我们的画册里。观看、审视、凝视越来越成为一种习惯和练习，观察人的心绪和态度不知不觉地浸透在我们的全部行为中。我们曾为愿望、梦想、欲望、激情所驱使，正如人类的大多数人一样，通过我们生命岁月的冲击，我们曾不耐烦地、紧张地、充满期待地为成功和失望强烈地激动过，而今天当我们小心翼翼地翻阅着自己生平的画册时，禁不住惊叹：我们能躲开追逐和奔波而获得静心养性的生活该是多么美好。

这里，在白发老人的花园里，正在盛开着一些我们昔日几乎没想到去护养的花儿。这里盛开着忍耐的花，一种高贵的花，使我们变得更加泰然，更加宽厚。我们对于去参与某些事件和采取一些什么行动的要求越小，我们静观和聆听大自然的生命和人类生命的能力就变得越强，我们对它们不加指责，并总是怀着对它们的多姿多态的新奇之感任其在我们身旁掠过，有时是同情的、不动声色的怜悯，有时是带着笑声带着欢悦带着幽默。

最近我站在我的花园里，点上一堆火，不断给它添加些树叶和枯枝。这时来了一位老妇人，大约八十岁了，她从白刺荆的矮树丛旁走过，停下脚步，向我望来。我向她打招呼，于是她笑了，并说："您的这把火点得对。像我们这般年纪的人应该慢慢地和地狱交上朋友。"就这样我们交谈起来，我们的谈话带着对种种烦恼与困乏抱怨的调子，但总是带着开玩笑的口吻。谈话结束时我们都承认，只要我们村子里还有最老的人，还有百岁老人，我们还不是老得叫人害怕，这几乎不该算是真正的老人。

当很年轻的人以其力量和毫无所知的优势在我们背后嘲笑我们，认为我们艰难的步态、我们的几缕白发和颈项是滑稽可笑的时候，我们就会想起，我们过去也具有他们同样的力量，也像他一样一无所知，我们也曾这样取笑过别人，我们并不认为自己处于劣势，被人战胜了，我们对于自己已经跨过的这一生命的台阶，变得稍微的聪明了一些，变得更有耐心而感到高兴。

（姚保琮 译）

海伦·凯勒

海伦·凯勒（1880—1968），美国著名的聋盲女作家、教育家。
主要作品有自传体著作《我生活的故事》等。

※ 假如给我三天光明

　　我们大家都读过激动人心的故事，故事中主人公的寿命已有限期。这段时间有时度日如年，有时一年短如一日。然而我们总是非常感兴趣地去探索那将死的人怎样度过他最后的时日。当然我说的是那些有选择权的自由人，而不是那些活动范围受到严格限制的犯人。这样的故事对我们很有启发，使我们想到在同样的情况下该做些什么。

　　作为一个快死的人，我们该用什么样的活动，什么样的经历，什么样的联想去填塞那最后的几小时？在回顾过去时，我们将发现什么感到幸福，什么应当懊悔。有时，我常这样想，当我今天活着的时候就想到明天可能会死去，这或许是一个好习惯。这样的态度将使生活显得特别有价值。

　　我们每天的生活应当过得从容不迫，朝气蓬勃，观察锐敏，而这些东西往往在日复一日，月复一月，年复一年的时间长流中慢慢消失。当然，也有一些人一生只知道"吃、喝、玩、乐"，然而，多数人在确知死神将至时反而有所节制。在那些故事中，那将死的主人公往往在最后的时刻由于幸运降临而得救，并且从此以后他就改变了自己的生活准则。他变得更加明确生活的意义和它的永久神圣的价值。

　　经常可以看到一些人，他们生活在死的阴影之下，却对他们所做的每一件事都怀着柔情蜜意。然而，我们中的许多人却把生活看成理所当然的事。我们知道自己总有一天会死去，但我们总把那一天想得很遥远。当我们年富力强的时候，死亡好像是不可思议的，而我们也很少想到它。日子好像永远过不完似的。因此，我们一味忙于微不足道的琐事，却不知道这样对待生活的态度是太消极了。恐怕我们对自己所有官能和意识的使用也是同样的冷漠。只有聋子懂得听力的价值，只有瞎子体会得到看见事物的乐趣。这种意见尤其适用于那些在成年期丧失了视力与听力的人。然而，那些从未体会过失去视力和听力痛苦的人，却很少充分使用这些幸福的官能。他们的眼睛和耳朵模糊地看着和听着周围的一切，心不在焉，也漠不关心。人们对于自己的东西往往不太珍惜，而当失去时，才懂得它的重要；正如我们要到病倒时才认识身体健康的好处。

　　我经常这样想，如果每一个人在他的青少年时期都经历一段瞎子与聋子的生活，将是非常有意义的事。黑暗将使他更加珍惜光明；寂静将使他更加喜爱声音。我经常考查我那些有视力的朋友们，问他们看到了什么。

　　最近，我的一位好友来看我，她刚从森林里散步回来，我问她都看到了些什么。她回答说："没有看到什么特别的东西"。如果我不是习惯听这样的回答，那我一定会对它表示怀疑，因为我早就相信，眼睛是看不见什么东西的。我常这样问自己，在森林里走了一个多小时，却没有发现什么值得注意的东西，这怎么可能呢？我这个有目不能视的人，仅仅靠触觉都能发现许许多多有趣的东西。

我感到一片娇嫩的叶子的匀称，我爱抚地用手摸着银色白桦树光滑的外皮，或是松树粗糙的表皮。春天，我满怀希望地在树的枝条上寻找着芽苞，寻找着大自然冬眠后的第一个标志。我感到鲜花那可爱的、天鹅绒般柔软光滑的花瓣并发现了它那奇特的卷曲。大自然就这样向我展现千奇百怪的事物。偶尔，如果幸运的话，我把手轻轻地放在一棵小树上，就能感到小鸟放声歌唱时的欢蹦乱跳。我喜欢让清凉的泉水从张开的指间流过。对于我来说，芬芳的松叶地毯或轻软的草地要比最豪华的波斯地毯更受欢迎；四季的变换，就像一幕幕令人激动的、无休无止的戏剧，它们的行动流过我的指间。有时，我在内心里呼唤着，让我看看这一切吧。仅仅摸一摸便给了我如此巨大的欢乐，如果能看到的话，那该是多么令人高兴啊！然而，那些有视力的人却什么也看不见，那充满世界的绚丽多彩的景色和千姿百态的表演，都被认为是理所当然的事。

人类就是有点奇怪，对我们已有的东西往往看不起，却去想望那些我们所没有的东西。然而，这是非常可惜的，在光明的世界里，将视力的天赋只看作是为了方便，而不看作是充实生活的手段。

如果我是一所大学的校长，我将设一门必修课"怎样使用你的眼睛"。教授应当启发他的学生，如果他们能真正看清那些在他们面前不被注意而滑过的事物的话，那么他们的生活就会增加丰富多彩的乐趣。他应当努力唤醒他身上那些处于睡眠状态的、懒散的官能。也许，我最好用想象来说明一下，如果我有三天能用眼睛看见东西的话，我最喜欢看到什么。而且，当我在想象时，我希望你也想一想这个问题，假如你只有三天能看到东西的话，你将怎样使用你的眼睛呢？假如你知道，当第三天黑夜来临以后，太阳就永远不会再从你面前升起，你将怎样度过短暂插入的、宝贵的三天时光呢？你最高兴看到的是什么东西呢？

自然，我最希望看到的东西是那些在我的黑暗年代对我变得最亲切的东西。你也一定希望长时间地看着那些对你感到最亲切的东西。这样，你就可以把对它们的记忆带到黑夜里去。如果靠某种奇迹我能有三天睁眼看东西的时间，然后又回到黑暗里去，我将把这三天分为三个阶段。

第一天，我要看到那些好心的、温和的、友好的、使我的生活变得有价值的人们。首先，我想长时间地盯视着我亲爱的教师，安妮·苏利文·麦西夫人的脸，当我还在孩童时，她就来到我家，是她给我打开了外部世界。我不仅看她的脸部的轮廓，为了将它牢牢地放进我的记忆，还要仔细研究那张脸，并从中找出同情的温柔和耐心的生动的形迹，她就是靠这些来完成教育我的困难任务。我要从她的眼睛里看出那使她能坚定地面对困难的坚强毅力和她那经常向我显示出的对于人类的同情心。

我不知道怎样通过"心灵的窗户"——眼睛去探索一个朋友的内心世界。我只能通过指尖，"看到"一张脸的轮廓。我能觉察到高兴、悲伤和许多其他明显的表情。我了解我的朋友们都是通过摸他们的脸。但是，只凭摸，我不能准确说出他们的个人特征来。我知道他们的个性，当然，还要通过其他方面，通过他们对我表达的思想，通过他们对我显示的一切行为。但是，我不认为对于我所深知的人，要想更深地了解他们，只能通过亲眼见到他们，亲眼看见他们对各种思想和环境的反应，亲眼看到他们的眼神和表情的即时的瞬间的反应。我对于在我身边的朋友，了解得很清楚，因为，经过多年的接触，他们已向我显示了自己的各个方面。但是，对于那些萍水相逢的朋友，我只有一个不全面的印象，这个印象是从一次握手，从我用手指摸他们的嘴唇或他们击拍我的手掌的暗语中得到的。而对于你们那些视力好的人来说，要了解一个人就要容易得多和令人满意得多。你们只要看到他那微妙的表情，肌肉的颤动，手的摇摆，就能很快抓住这人的基本特点。

然而，你是否想过要用你的视力看出一个朋友或是熟人的内在品质呢？难道你们那些视力好的人们中的大多数不都只是随便看看一张脸的轮廓，而且也就到此为止了吗？例如，你能准确地说出五个好朋友的面孔吗？有些人可能说得出，但多数人却说不出。根据我的经验，我问过许多结婚很久的丈夫，他们的妻子的眼睛是什么颜色，他们经常窘态毕露，老实承认他们不知道。而且，顺便提一句，妻子们总是抱他们的丈夫不注意新衣服，新帽子和房间布置的变化。

视力正常的人很快就习惯于周围的环境，而事实上他们只注意那些惊人的和壮观的景象。然而，即使在看最壮观的景色时，他们的眼睛也是懒散的。法庭的记录每天都表明"眼睛的见证"是多么不准确。一件事将被许多人从许多不同的方面"看到"有些人比别人看得更多些，但很少有人能将自己视力范围内的一切都看在眼里。

啊，如果我有视力能看三天的话，我该看些什么东西呢？第一天将是一个紧张的日子。我要将我的所有亲爱的朋友们都叫来，好好端详他们的面孔，将他们内在美的外貌深深地印在我的心上。我还要看一个婴儿的面孔，这样我就能看到一种有生气的，天真无邪的美，它是一种没有经历过生活斗争的美。我还要看看我那群忠诚的、令人信赖的狗的眼睛——那沉着而机警的小斯科第、达基和那高大健壮而懂事的大戴恩，海尔加，它们的热情、温柔而淘气的友谊使我感到温暖。

在那紧张的第一天里，我还要仔细观察我家里那些简朴小巧的东西。我要看看脚下地毯的艳丽色彩，墙壁上的图画和那些把一所房屋改变成家的熟悉的小东西。我要用虔敬的目光凝视我所读过的那些凸字书，不过这目光将更加急于看到那些供有视力的人读的印刷书。因为在我生活的漫长黑夜里，我读过的书以及别人读给我听的书已经变成一座伟大光明的灯塔，向我揭示出人类生活和人类精神的最深泉源。

在能看见东西的第一天下午，我将在森林里作一次长时间的漫步，让自己的眼睛陶醉在自然世界的美色里，在这有限的几小时内我要如醉如狂地欣赏那永远向有视力的人敞开的壮丽奇景。结束短暂的森林之旅，回来的路上可能经过一个农场，这样我便能看到耐心的马匹犁田的情景（或许我只能看到拖拉机了！）和那些依附土地为生的人的宁静满足的生活。

我还要为绚丽夺目而又辉煌壮观的落日祈祷。当夜幕降临，我以能看到人造光明而体验到双重的喜悦。这是人类的天才在大自然规定为黑夜的时候，为扩大自己的视力而发明创造的。在能看见东西的第一天夜里，我会无法入睡，脑海里尽翻腾着对白天的回忆。

翌日——也就是我能看见东西的第二天，我将伴着曙色起床，去看一看那由黑夜变成白天的激动人心的奇观。我将怀着敬畏的心情去观赏那光色的令人莫测的变幻，正是在这变幻中太阳唤醒了沉睡的大地。我要把这一天用来对整个世界，从古到今，作匆匆的一瞥。我想看看人类进步所走过的艰难曲折的道路，看看历代的兴衰和沧桑之变。

这么多的东西怎能压缩在一天之内看完呢？当然，这只能通过参观博物馆。我经常到纽约自然历史博物馆去，用手无数次地抚摸过那里展出的物品，我多么渴望能用自己的眼睛看一看这经过缩写的地球的历史，以及陈列在那里的地球上的居民——各种动物和按生活的天然环境描绘的不同肤色的人种；看看恐龙的巨大骨架和早在人类出现以前就漫游在地球上的柱牙象，当时的人类靠自己矮小的身躯和发达的大脑去征服动物的王国；看看那表现动物和人类进化过程的逼真画面，和那些人类用来为自己在这个星球上建造安全居住的工具，还有许许多多自然历史的其他方面的东西。

我不知道本文读者中究竟有多少人曾仔细观察过在那个激动人心的博物馆里展出的那些栩栩如生的展品的全貌。当然不是人人都有这样的机会。不过我敢断言，许多有这种机会的人却没有很好地利用它。那里实在是一个使用眼睛的地方。你们有视力的人可以在那里度过无数个大有所获的日子，而我，我想象中能看东西的短短的三天里，对此只能作匆匆的一瞥便得离去。

我的下一站将是大都会艺术博物馆。正像自然历史博物馆揭示了世界的物质方面那样，大都会艺术博物馆将展现出人类精神的无数个侧面。贯穿人类历史的那种对于艺术表现形式的强烈要求几乎和人类对于食物、住房、生育的要求同样强烈。在这里，在大都会博物馆的巨型大厅里，当我们观看埃及、希腊、罗马的艺术时就看到了这些国家的精神面貌。通过我的双手，我很熟悉古埃及的男女雕像，感觉得出复制的巴台农神庙的中楣，辨别得出进攻中的雅典武士的优美旋律。阿波罗、维纳斯以及撒摩得拉斯岛的胜利女神都是我指尖的朋友。荷马那多瘤而又留着长须的相貌对我来说尤为亲切，因为他了解盲人。

我的手在罗马以及晚期那些栩栩如生的大理石雕塑上停留过，在米开朗琪罗那激动人心的英雄摩西石膏像上抚摸过，我了解罗丹的才能，对哥特式木刻的虔诚精神感到敬畏。这些能用手触摸的艺术品我能理解它们的意义，然而那些只能看不能摸的东西，我只能猜测那一直躲避着我的美。我能欣赏希腊花瓶简朴的线条，然而它那带有图案的装饰我却毫无所知。

就这么着，在我能看见东西的第二天，我要设法通过艺术去探索人类的灵魂。我从手的触摸里了解的东西现在可以用眼睛来看了。整个宏伟的绘画世界将向我敞开，从带有宁静宗教虔诚的意大利原始艺术一直到具有狂热想象的现代派艺术。我要细细观察拉斐尔、列奥纳多·达·芬奇、提善、伦布朗的油画，也想让眼睛享受一下委罗涅塞艳丽的色彩，研究一下艾尔·格里柯的奥秘，并从柯罗的自然里捕捉到新的想象。啊，这么多世纪以来的艺术为你们有视力的人提供了如此绚丽的美和这样深广的意义！凭着对这艺术圣殿的短暂访问，我将无法把那向你们敞开的伟大艺术世界每个细部都看清楚，我只能得到一个表面的印象。

艺术家们告诉我，任何人如果想正确地和深刻地评价艺术，就必须训练自己的眼睛，他得从品评线条、构图、形式和色彩的经验中去进行学习。如果我的眼睛管用的话，我将会多么愉快地去着手这件令人心醉的研究工作！然而有人告诉我，对于你们许多有视力人的来说，艺术的世界是一个沉沉的黑夜，是一个无法探索和难以找到光明的世界。

我怀着无可奈何的心情，勉强离开大都会博物馆，离开那藏着发掘美的钥匙的所在——那是一种被如此忽略了的美啊。然而有视力的人并不需要从大都会博物馆里去找到发掘美的钥匙。它在较小的博物馆里，甚至在那些小图书馆书架上的书本里也能找到。自然在我想象中能看见东西的有限时间里，我将选择这样一个地方，在那里发掘美的钥匙能在最短的时间内打开最伟大的宝库。

我将在戏院或电影院度过这能看见东西的第二天的夜晚。我目前也经常出席各种类型的表演，可剧情却得让一位陪同在我手上拼写。我多么想用自己的眼睛看一看哈姆雷特那迷人的形象和在穿五光十色的伊丽莎白式服装的人物中间来来去去的福斯泰夫。我多么想模仿优雅的哈姆雷特的每一个动作和健壮的福斯泰夫高视阔步的一举一动。

由于我只能看一场戏，这将使我处于进退两难的境地，因为我想看的戏实在太多了。你们有视力的人想看什么都行，不过我怀疑你们之中究竟有多少人当全神贯注于一场戏、一幕电影或别的景象的时候，会意识到并感激那让你享受其色彩、优美和动作的视力的奇迹呢？除了在用手触摸的有限范围内，我无法享受节奏感动作的美。尽管我知道节奏欢快的奥妙，因为我经常从地板的颤动中去辨别音节的拍节，然而我也只能朦胧地想象巴甫洛瓦的魅力。我想象得出那富于节奏感的姿势，肯定是世间最赏心悦目的奇景。从用手指循着大理石雕像线条的触摸里我能推测出这一点。如果静止的美已是那么可爱的话，那么看到运动中的美肯定更令人振奋和激动。

我最深切的记忆之一是当约瑟夫·杰斐逊在排练可爱的里勃·范·温克尔，做着动作讲着台词的时候，让我摸了他的脸和手。对戏剧的天地我就只这么一点贫乏的接触，也将永远不会忘记那一时刻的欢乐。

啊，我肯定还遗漏了许多东西。我多么羡慕你们有视力的人能从戏剧表演中通过看动作和听台词而获得更多的享受。如果我能看戏，哪怕只看一场也行，我将弄明白我读过或通过手语字母的表达而进入我的脑海的一百场戏的情节。这样，通过我想象中能看见东西的第二天的夜晚，戏剧文学中的许多高大形象将争先恐后地出现在我的眼前。

下一天的早晨，怀着发现新的欢乐的渴望，我将再次去迎接那初升的旭日，因为我深信，那些有眼睛能真正看到东西的人肯定会发现，每个黎明都会展现出千姿万态、变幻无穷的美。根据我想象中的奇迹的期限，这是我能看见东西的第三天，也是最后一天。我没有时间去悔恨或渴望，要看的东西实在太多了。

我把第一天给了我的朋友，给了那些有生命和没有生命的东西，第二天我看到人类和自然的历史面目。今天我要在现实世界里，在从事日常生活的人们中间度过平凡的一天。除了纽约你还能在别的什么地方发现人们这么多的活动和这样纷繁的情景呢？于是这城市成了我选择的目标。

我从长岛森林山我的恬静的乡间小屋出发。这里，在绿草坪、树木、鲜花的包围中是一片整洁小巧的房屋，到处充满妇女儿童谈笑奔走的欢乐，真是城市劳动者的安静的休息之所。当我驾车穿过横跨东河的钢带式桥梁时，我又开了眼界，看到人类智慧的巧夺天工和力大无穷。河上千帆竞发、百舸争流。如果我从前曾有过一段未盲的岁月，我将用许多时间来观赏河上的热闹风光。举目前望，面前耸立着奇异的纽约塔，这城市仿佛是从神话故事的书页中跳出来似的。这是多么令人敬畏的奇景啊！那些灿烂夺目的尖塔，那些用钢和石块筑起的巨大堤岸，这些建筑就像神为自己修造的一样。这幅富有生气的画卷是千百万人每日生活的一部分，我不知道究竟有多少人愿意对它多看一眼？恐怕是很少、很少。人们的眼睛之所以看不见这壮美的奇观，是因为这景象对他们太熟悉了。

我匆匆忙忙登上那些大型建筑之——帝国大厦的顶层，不久之前我从那里通过秘书的眼睛"看到"了脚下的城市。我急于要把想象力和真实感作一次比较。我相信在我面前展开的这幅画卷绝不会使我感到失望，因为对我来说它将是另一个世界的景象。

现在我开始周游这个城市。首先我站在热闹的一角，仅仅看看来往的人群，想从观察中去了解他们生活的一些东西。看到微笑，我感到欣慰，看到果断，我感到骄傲，看到疾苦，我产生怜悯。我漫游到第五大街，让视野从聚精会神的注视里解放出来，以便不会留意特殊的事物而只看一看那瞬息万变的色彩。我相信那穿流在人群中的妇女装束的色彩，肯定是我百看不厌的灿烂奇观。

不过，假如我的眼睛管用的话，或许我也会像大多数妇女一样，过多地注重个别的服装的风格和剪裁式样而忽略成群的色彩的壮美。我还确信我会变成一个在橱窗前溜达的常客，看着那多姿多彩、五光十色的陈列品，一定感到赏心悦目。我从第五大街开始游览整个城市——我要到花园大街去，到贫民区去，到工厂去，到孩子们玩耍的公园去。通过对外国居民的访问我对异国作了一次不离本土的旅行。

对于欢乐和悲哀两者我总是睁大眼睛去关心，以便能深刻探索和进一步了解人们是如何工作和生活的。我的心里充满了对人和物的憧憬，我的目光不会轻易放过任何一个细小的东西，它力求捕捉和紧握它所目及的每一件事物。有些场面是令人愉快的，它让你内心喜悦，可有些情景却使人感到悲哀和忧郁。对后者我也不会闭上眼睛，因为它们毕竟也是生活的一部分，对它们闭上眼睛就等于紧锁心灵，禁锢思想。

我能看见东西的第三天就要结束了，或许我应该把这剩下的几小时用在许多重要的探索和追求上，可是我怕在这最后一天夜晚，我还会再次跑到剧院去看一出狂喜的滑稽戏，以便能欣赏人类精神世界里喜剧的泛音。

到午夜，我从盲人痛苦中得到的暂时解脱就要终结了，永久的黑夜将重新笼罩我身。当然在那短暂的三天时间里，我不可能看完我要看的全部事物，只有当黑暗重新降临时，我才会感到我没有看到的东西实在太多了。不过我脑海中会塞满那美丽的回忆，以至根本没时间去懊悔。今后无论摸到任何东西都会给我带来那原物是什么形状的鲜明回忆。

如果你有朝一日也将变成一个盲人的时候，你或许对我这如何度过三天可见时光的简要提纲感到不合适而作出自己的安排。然而，我相信，如果你真的面临那样的命运，那你的眼睛将会向过去从不留神的事物睁开，为即将来临的漫长黑夜储存记忆。你将会一反过去的常习去使用自己的眼睛，你所看到的东西都会变得非常亲切，你的目光将捕捉和拥抱任何进入你视野之内的东西，最后你会真正看到一个美丽的新世界在你面前敞开。

我，一个盲人，向你们有视力的人作一个提示，给那些善于使用眼睛的人提一个忠告：想到你明天有可能变成瞎子，你就会好好使用你的眼睛。这样的办法也可使用于别的官能。想到你明天有可能变成聋子，你就会更好地去聆听声响，鸟儿的歌唱，管弦乐队铿锵的旋律。去抚摸你触及的那一切吧，假如明天你的触觉神经就要失灵；去嗅闻所有鲜花的芬芳，品尝每一口食物的滋味吧，假如明天你就再也不能闻也不能尝了。让每一种官能都发挥它最大的作用，为世界通过大自然提供的各种接触的途径向你展示的多种多样的欢乐和美的享受而自豪吧。不过在所有的官能中，我相信视力是最令人赏心悦目的。

※ 天国

在我心灵的天空中，信心之光永不黯淡。当我想象从尘世梦里醒来，却有身处天国的感觉，那滋味的美妙犹如从骇人的噩梦中醒来，恰好有张可爱的脸正朝着你微笑一样，几多甘甜和欣慰，心态得以平衡。我一直以为，并且从没有动摇过，我所失去的每个亲人、朋友，都是尘世和那个早晨醒来时的世界之间的新的联系者，虽然我已无法听见他们亲切的话语，虽然我心中还有未散发的悲切，然而我又不禁为他们倍感高兴。

我不能理解为什么人会害怕死亡，死其实不足畏。尘世的喧嚣生活，支离破碎又寡淡乏味，而死去则是永恒的生命，是一种重逢及和谐。明白这一点，我们又何乐而不为呢，又何必悲悲切切呢！我在想，假如我的双眼在未来的世界上可以睁开，我只需生活在我心目中的乡村就已觉得心满意足，我坚定的思想，使我不听话的眼睛不把视线投向那些转瞬之间即逝即变的景物。

如果我那些先我而去的亲人、朋友有百万分之一的机会可以活下去，那我绝无二话，甘冒万死之风险去争取这样的机会，而不会因犹豫、迟疑让他们的灵魂不安或有怨言。一旦事后发现并非如此，我将尽量不在离去者的欢乐上投下阴影，因为还有一个不朽的机会。我有时想，天上人间，究竟谁最需要欢娱，是地上的探索者还是那些已在上帝的庇护下观望天下的人？如果都是靠了一个太阳，在尘世的阴影下想象，那黑暗的感觉将是何等真切！

如果我们为崇高、纯洁的情和爱所感动，想起已逝去的人，心内顿觉无限温馨，感到有一股力量在缩小我们与他们之间的距离，那不啻是件美妙的事。有这种信念，就会有力量去改变死者的面貌，使不幸转变成为赢得胜利的奋斗，为那些连最后一点支持力量都已经被剥夺掉的人们点燃激励之火。如果我们深信不疑：天国就在自己心中，而不在身体之外别的什么地方，那就没有所谓的"另一个世界"，而我们所应该做的不外乎竭尽全力地去做、去爱，不断地盼望，并用此时此刻我们心中天国的绚烂多姿的光彩去照亮、去驱散我们四周的漆黑。

天国不是虚幻的，也远非世人从固有的想象中所料到的那么卑微，那是一个欢乐、祥和的实体，一个崭新的世界，那里没有自私，没有争斗，只有慈祥，只有互助。天使缓缓经过，不时抛下知识的黄金果实，让世人采用，生活在爱的氛围之中。

希梅内斯

胡安·拉蒙·希梅内斯（1881—1958），西班牙诗人、散文家。1956年，"由于他那西班牙语的抒情诗为高尚的情操和艺术的纯洁提供了一个范例"而获得诺贝尔文学奖金。

大师谈思想

039

※ 小银和我

一、小银

小银是那么娇小，温顺，毛茸茸的：外表那么柔软，仿佛浑身都是棉花做成，没有一点骨头。只有一双黑玉那样发亮的眼睛是坚硬的，好像一对黑水晶的甲虫。

我把它放开，它就跑上草地，用它的嘴巴轻轻地，几乎是擦过似的，抚爱着玫瑰色的、天蓝色的、金黄色的小小花朵……我柔声地唤它："小银！"它就欢愉地小步向我跑来，仿佛它是在以一种不知什么难以想象的银铃的声音在欢笑……我给它什么，它就吃什么。它喜欢蜜柑；喜欢麝香葡萄，一颗颗都是琥珀色的；喜欢紫色的无花果，带着一滴滴透明的蜜汁……

它温柔而且娇惯，跟一个孩子、一个小姑娘一样……然而它也强壮而且坚定，好像岩石。星期日，我骑着它，经过村子边上的几条街巷的时候，穿得干干净净的慢吞吞地走着的乡下人，总要停住脚步。看着它说："真是钢做的……"

它的确是钢做的。它既是钢做的，同时又是月亮的白银做的。

五、春天

> 啊，那么光辉，那么芬芳！
>
> 啊，草地怎么在欢笑！
>
> 啊，黎明的音乐多么动听！
>
> ——民间谣曲

我早晨的小睡，被孩子们一阵疯狂的尖叫打断，使我很不高兴。结果，我无法再睡，只好绝望地下了床。

我从打开的窗户看看田野，这才知道，造成这一曲清晨的喧闹乐曲的，是一群鸟儿。

我出来到了园子里，向上帝感谢这蔚蓝的一天。这是清新的鸟嘴唱出的自由的音乐会，无休无止！燕子在井口发出随心所欲的颤音；八哥在落地的橘柑上嘘鸣；火红的黄鹂在橡树上聊天；笛鸟在桉树梢头细声细气地久久发笑；巨大的松树上，一群麻雀在肆无忌惮地辩论。

多么美好的清晨！阳光在大地上铺开了黄金和白银的欢乐；色彩缤纷的蝴蝶到处飞舞，在花丛中，在屋子里，在流泉上。无论什么地方，田野都猛然地喧闹地开放出了健康的崭新的生命。

我们好像置身在一只巨大的明亮的灯座里，也许就是一朵燃烧着的玫瑰的宽大而炽热的内心。

六、晚祷

瞧吧，小银，到处都是玫瑰花在飘落：蓝的玫瑰，白的玫瑰，没有颜色的玫瑰……简直可以说，天空都融化在玫瑰之中了。你瞧，我的额头上，胳膊上，双手上，都是玫瑰……那么多玫瑰，叫我怎么办？你也许知道，这些温柔的花朵来自何处，不过我不知道它们是从什么地方来的；它们一天天地使景色软化，变成甜蜜的玫瑰色，洁白色，天蓝色——更多的玫瑰，更多的玫瑰——仿佛弗拉·安其利科的一幅图画。他总是跪着描绘天空；你不知道吗？

有人相信，是从天堂的七环撒下玫瑰落到大地上来的。仿佛一场温暖的色彩模糊的雪，这些玫瑰落到塔楼上，房顶上，树枝上。瞧吧，有它作了装饰，一切强大的都变得纤弱了。下来更多的玫瑰，更多的玫瑰，更多的玫瑰吧……

小银啊，好像晚祷的钟声响时，我们的这种生活就失去了日常的力量，而另一种内在的力量，一种更加高尚，更加持久，更加纯洁的力量，则仿佛处在风雅的源泉之中，使一切事物上升到星星的高度，已经在玫瑰丛中燃烧放光……玫瑰更加多了……小银啊，你的这双眼睛，你自己没有看见，温顺地向着天宇，也变成了两朵美丽的玫瑰。

八、路旁的花朵

小银啊，多么纯洁，多么美丽，这朵路旁的花！所有的嘈杂的一切，在它的身边经过：牛只，羊群，马匹，人们——而它，那么纤细，那么柔弱，仍然屹立在那里，美好的淡淡的紫色，孤芳自赏，不受到任何污秽的沾染。

所有的日子，开始上坡的时候，我们走上这条小路，你就看见它站在翠绿的岗位上。有时候，它的身边有一只小鸟，我们走近了就飞走——为什么？有时候，它装满了夏季云朵注下的清水，好像一只小小的酒盅；有时候，它任凭一只蜜蜂恣意采集，或者一只蝴蝶给它添上盛装。

小银啊，这朵花只能活不多几天，然而对它的记忆将会得永存。它的生存，就仿佛你的春天里的一天，也仿佛我的生命里的一个春天。唉，小银啊！我为什么不交出我的秋天，来换取这朵神圣的花，让它天天可以成为我们生命的朴素的象征？

十九、蟋蟀的歌

小银和我在我们夜间的漫游中，熟悉了蟋蟀唱的歌。

傍晚时，蟋蟀开初唱的歌，是犹豫的，低声的，粗哑的。然后改变了调子，练习了一会儿，逐渐地升高，达到应有的高度，仿佛在探求时间和地点的和谐。突然之间，等到星星已经在碧绿透明的天空显现，歌声就变成了晃动的银铃的甜蜜旋律。

清新的夜风阵阵地吹拂；夜间的花朵尽情地开放；田野上漂浮着一种纯净的神圣的气息，来自暗蓝色的模糊的草地，又像天上，又像地下。蟋蟀唱的歌高昂起来，充满了田野，好像阴影的声音。已经不再犹豫，也不再停歇。仿佛来自自己本身，每一个声音都跟另一个声音一模一样，形成一群兄弟般的黑色水晶。

时光宁静地流逝。世界上没有战争，劳动者睡得正香，他在梦中高深之处看见了天空。也许是爱情，在一垛墙的藤萝里面，眼睛对着眼睛，正在神魂颠倒。田地向村舍送去了柔和的芬芳的信息，仿佛是坦率的精妙的自由青春。麦子在月光下泛起青绿的波浪，向风太息流逝的钟点：两点，三点，四点……蟋蟀唱的歌那么响亮，却已消失……

它又唱了！黎明时蟋蟀唱的歌啊，这时候，小银和我在寒意中顺着露珠发白的小路，走向家里的床铺！月亮落下去了，微微发红而睡意蒙眬。歌声由于月亮，由于星星而带着醉意，那么浪漫，那么神秘，那么丰满。这时候，几片忧伤的巨大的云彩，镶着沉闷的蓝紫色的边，徐徐地把白日从海上引来……

二十三、日食

我们把双手插进衣服口袋里，心里很不愿意。同时额头上感到一阵清新阴凉的微微轻拂，就像走进了一座茂密的松林一样。母鸡一只一只地跳上它们的栖架。周围的田野，一片青翠逐渐变暗，仿佛大祭坛上的深紫色帷幕覆盖着它。远处的大海看来变成了洁白的颜色，有几颗星星在发着淡白的光。房屋的平顶是怎么样地在变得越来越白，越来越白啊。我们这些站在房屋平顶上的人，互相呼喊着一些聪敏的或者不聪敏的话，只是在日食重压下的寂静中一些乌黑的小小的生物。

我们使用各种各样的东西来观察太阳：看戏用的双眼望远镜，远距离用的单筒望远镜，一只玻璃瓶子，一片用烟熏黑的玻璃；而且从各种各样的地方：从屋顶的天窗，从畜栏的梯子，从谷仓的窗口，从院子的栅门，从屋子的粉红和深蓝的玻璃……

太阳隐没了；一忽儿之前，它以复杂的金黄的光线，使一切东西显得两倍、三倍、一百倍地庞大而好看，现在，由于没有黄昏的逐渐转变，使得一切东西落得孤单而可怜，仿佛先拿黄金换了白银，又拿白银换了粗铜。整个村子好像一枚发绿的铜币，已经无可再换。多么凄凉，多么渺小，那些街道、广场、尖塔，以及山间的羊肠小路！

那边畜栏里，小银好像不是一头真正的毛驴；它不一样了，缩小了，变成了另一头毛驴……

二十六、催眠曲

烧炭夫的小女儿，既是漂亮，又是肮脏，好像一枚铜币。一双黑眼睛乌亮乌亮，烟垢之间薄薄的嘴唇像要绽出血来。她在茅屋门口的一块瓦上坐着，哄她手里抱的小弟弟睡觉。

五月的天气似乎在颤动，炎热而明净，好像里面也有个太阳。一片光辉灿烂的宁静，可以听得见野地里烧着的水壶的沸腾，牧场上牲口的鸣叫，海风在桉树丛中的欢笑。

烧炭夫的小女儿坐在那里，甜甜地唱起了一支歌：

> 我的小宝宝要睡觉了
>
> 牧羊的姑娘照应他吧……
>
> 她停住了一会儿。风声在响……
>
> 为了叫小宝宝睡好觉
>
> 唱催眠曲的人快睡吧……

风声在响……小银静静地在松树林的炎热里走着，一步一步地走来了……后来它在乌黑的地上趴下，听着单调的催眠曲，听着听着，就睡着了，仿佛一个孩子那样。

三十四、散步

我们走在夏季深深的道路上，悬挂着的柔嫩的金银花下面，真是多么美好！我看书，或者唱歌，或者向着天空念诗。小银啃着路旁阴影下稀疏的野草，锦葵尘封的花朵，还有黄色的酸果。它停步逗留的时间要比走路的时间多得多……我听任着它……

蓝天，蓝天，蓝天，被我的狂喜的目光所射中，升起在低垂的杏树上面，发着它最后的华彩。整个田野，寂静而热烈。闪耀着光辉。河面上，一片小小的白帆凝住不动，没有一丝微风。一堆野火冒出的浓烟，升起成为团团乌云，飘向山岭。

但是我们的行程很短暂。它像复杂的生活中甜蜜而柔弱的一天。不是对天空的礼赞，也不是江河所流注的大海，甚至也不是火焰的悲剧！

一等到在橘子的香气里听到了水车的清凉而愉快的叮咚声，小银就长嘶一声，欢快地跳跃。多么朴素的每天的欢乐！到了池塘旁边，我舀满一杯，饮着这冰清玉洁的凉水。而小银则把嘴巴伸进阴凉的水里，这里喝一点儿，那里喝一点儿，贪婪地喝着最最洁净的水……

三十六、井

一口井！小银啊，井这个字多么深沉，多么墨绿，多么清凉，多么响亮！仿佛这个字本身，在旋转，在钻凿乌黑的泥土，直至钻出了清水。

睡吧，无花果树装饰了井口，也损毁了井口。井口里面，手够得着的地方，一朵香气袭人的蓝花在长满青苔的井砖缝里开放。下面，有一只燕子筑了它的窝。然后，经过一道清凉阴暗的门洞，便是一座翠玉的宫殿，以及一个湖，往那宁静的湖面扔一个石子，它便会发怒，它便会抱怨。最后，是天空。

（夜晚进来了，月亮在那里面底下放光，四周围绕着活泼的星星。肃静！生活在道路上走向远方，然而心灵却从井口逃避到了井底。在他看来，就仿佛是黄昏的另一个侧面。好像有一个巨人，要从井口里跳出，主宰所有的一切秘密。啊，这真是宁静而魔幻的迷宫，阴凉而芬芳的花园，迷人而有魅力的厅堂！）

听着，小银，要是有一天我跳进了这一口井，你得相信，我不是为了要自杀，而是为了更快地得到这些星星。

小银长嘶一声，干渴而急切。井里默默无声地盘旋着飞出了那只受惊的燕子。

四十四、小姑娘

这个小姑娘是小银的极大快乐。只要一看见她在丁香丛中向它走来，穿着洁白的衣服，头上戴着草帽，宠爱地呼唤着它："小银！小银银！"这头小毛驴就想挣脱缰绳，蹦蹦跳跳，像一个小孩子那样，而且还发疯似的嘶叫。

她在盲目的信任中，毫不在意地在它身底下一会儿钻过来，一会儿钻过去，轻轻地踢它，还把洁白的玉簪花那样的小手，塞进它那排满黄板大牙的粉红色嘴巴，或者揪住它那故意让她够得着的驴耳朵，用各种各样的名字亲热地叫它：小银！小银银！小银儿！银银儿！

在那些漫长的日子，小姑娘躺在她白色的摇篮里，顺流而下，向着死亡航行的时候，谁也顾不得想起小银来了。只有她，在神志昏迷的呓语中，还在凄切地叫唤：小银儿！……在这间充满叹息的黑屋子里，有时候可以听得见她那朋友的遥远的呼应。啊，多么悲伤的夏天啊！

落葬的那天傍晚，上帝给了你多少荣华！玫瑰色的金黄色的九月，正在消逝。墓地里，飞翔的钟声多么嘹亮，在敞开的落日余晖中指引通向天国荣光的道路！……我顺着墙根走回，孤独而忧伤，从蓄栏的门走进家里，又避开家人，进了院子，坐下来，跟小银一起，默默地啜泣。

五十六、遗忘的葡萄

经过了十月绵绵的阴雨之后，在一个金黄而蔚蓝的晴朗日子，我们大家一起到葡萄园去。小银背上驮鞍的一边篓子里，带着午饭和孩子们的帽子，另一边篓子里，为了保持平衡，坐着娇柔的布朗卡，又是洁白，又是粉红，好像一朵杏花。

复苏的田野多么迷人啊！溪流里，水流丰沛，田地都犁得松软，田边的杨树上还挂着黄叶，但是已经看得见树上鸟儿的个个黑点。

突然间，孩子们一个接一个地叫喊着奔跑起来：

"一串葡萄！一串葡萄！"

一根老葡萄藤，它那蜿蜒盘曲的长长枝蔓上仍然看得见一些发黑和发红的干葡萄叶，灼热的阳光却在那里面照亮了一串琥珀似的清晰而饱满的葡萄。大家没有一个不想要它！维多利亚采了下来，藏在背后保护着它。于是我向她要，而她呢，以那种姑娘就要成为女人而献身男子的心甘情愿的甜蜜顺从，高高兴兴地让给我。

这一串葡萄有大大的五颗。我把一颗给维多利亚，一颗给布朗卡，一颗给洛拉，一颗给贝贝，而最后一颗，在大家的欢笑和拍手声中，给了小银。它很快地用它的大板牙接过这一颗葡萄。

六十二、四月里的牧歌

孩子们带着小银到白杨树下的小溪边去了，现在他们牵着它，小跑着回来，又是笑，又是闹，都拿着大把大把的黄花。在那里树下，他们淋着了雨——那片瞬息即逝的浮云把它的金丝银丝蒙住了青翠的田野。小毛驴淋湿的毛背上，那些湿淋淋的金钟花还在滴水哩。

清新的，欢愉的，动人的牧歌啊！甚至小银的嘶叫，在它背上滴着水的甜蜜的负载下，听起来也显得温柔了！它时不时地转过脑袋，尽它的嘴巴所能及，扯着背上的那些花朵。那些金钟花，有的雪白，有的金黄，在它的嘴角边叼了一会儿，跟发绿的白唾沫混在一起，然后就进了它那系着肚带的小肚皮。小银啊，有谁能够像你这样吞吃花朵……而又不受伤害！

四月里变化多端的傍晚啊！小银的这双明亮而活泼的眼睛里，反映出阳光下雨丝中全部的景色。太阳西沉的时候，圣胡安的田野上，看得见正在下雨，那是另一片玫瑰色的云所洒落……

六十八、忧伤

这一天傍晚，我跟孩子们一起到小银的坟上扫墓。它的坟是在毕涅的菜园子里，一株庇佑着它的大松树脚下。四周围，四月的气候已经把湿润的田野用大朵大朵的黄百合花装饰起来。

那里，山雀在坟上面的翠绿穹顶里唱歌；穹顶上，涂满了点点片片蔚蓝的天空。山雀的细声细气的颤音，带点儿花腔，带点儿笑意，飘散在傍晚温暖的黄金似的空气中，仿佛新的爱情的一场清晰的梦。

孩子们吵吵闹闹地来到这里，就不作声了。他们沉默而严肃；他们明亮的眼睛望着我的眼睛，正在用无数急切的问题塞满我。

"小银啊，我的朋友！"我对着这一堆泥土说，"我在想，如果现在你是在天堂里的草地上，你的毛茸茸的背上驮着那些孩子一样的天使，也许，你早就把我忘掉了吧？小银，对我说，你还记得我吗？"

这时候，仿佛在回答我的问话似的，有一只原来没有看见的轻捷的白蝴蝶，好像一个灵魂那样，从一朵百合花到另一朵百合花，正在不停地来回飞旋……

纪伯伦

卡里·纪伯伦（1883—1931），黎巴嫩旅美派作家、诗人和画家。

1920年发起创建《笔会》，任会长，遂成为阿拉伯旅美派文学领袖。

作品有浓郁的浪漫主义和象征主义色彩，常融诗情与哲理于一体，寓意深刻、隽永，

别具一格。作品甚丰，有中篇小说《折断的翅膀》、散文诗集《泪与笑》《先知》等。

大
师
谈
思
想

049

※ 在时光的舞台上

有的人在可怜巴巴的弱者献给野心勃勃的强者的光荣中，显赫地度过了一生，而这样的一生远不如在美的魅力和爱的美梦中度过的一分钟，远不如后者那样高尚，那样尊贵。

在这一分钟里，人好似醍醐灌顶，与神灵相通；而在那一生中，人却沉睡不

醒，被梦魇蒙住了眼睛。在这一分钟里，心灵从人类种种清规戒律的桎梏下得到了解放；而在那一生中，心灵却被人弃若敝屣，又好似拖着屈辱的镣链被囚禁在牢房。这样的一分钟，是酝酿出所罗门诗篇、山中训诫和法里德的特韵长诗的过程；而那样的一生则是一种盲目的暴力，把巴勒贝克的神庙摧毁，使塔德木尔的宫殿夷为平地，让巴比伦塔倒在尘埃里。

有的心灵整整一天都在为穷人丧失权利而遗憾，为正义得不到伸张而悲叹；而有的人却一辈子都是花天酒地，纸醉金迷，寻欢作乐，以满足他们的私欲。那样的一天胜过这样的一辈子。那样的一天，心受到火的冶炼而变得洁净，心中充满了光明；而这样的一辈子，则是阴暗的一生，最后的归宿是被埋葬在黄土中。那样的一天是悟道醒世之日，是骷髅入地之日，是吉祥来临之日，而这样的一辈子的岁月则好似被尼禄花费在暴虐的市场，被可拉献于贪欲的祭坛上，被唐璜在肉欲的坟墓中埋葬。

这就是生活：在时光舞台上，黑夜演出的人生如一出悲剧，白昼唱出的人生像一首歌曲，最后，永恒则把这人生保存起，似一颗珍珠，璀璨无比……

❈ 我的心重负着果实

我的心重负着它的果实，哪一位饥饿者来采摘、享用、吃饱？

人们之中就没有一个斋戒者，以我的果实为早餐，让我从丰收的重担中赢得欢乐吗？

在金子和银子的重压下，我心已经耗尽全力，有谁来装满口袋，以减轻我的负担？

我的心装满了世代陈酿，哪位口渴者来畅饮喝足？

这个男人站在街心，向人们伸出捧满珠宝的手，呼唤道："行行好，从我这里拿去吧！可怜可怜我吧！把我这里的拿走吧！"

可是人们走着，连头都不回。

但愿他是个乞丐，伸出颤抖的手，向过往行人讨乞，收回时仍然是颤抖的手。但愿他是失明的瘫痪者，人们经过他时不闻不问。

这是位慷慨的富人，他在不毛的荒野和山麓间，每晚点燃照亮道路的灯火，派出仆人等候，也许他们能迎回一位可供款待的客人。但是这些道路都荒芜，没送来一个领受馈赠的人，也没带回一个需求者。

啊，但愿他是位遭抛弃的穷人！

但愿他是云游四方者，手持拐杖，肘挎水罐，一旦夜晚降临，他同四处飘零的乞丐们会聚在弯曲的小巷中，他挨着他们坐下，分享施舍的面包。

这里有一位大君主的女儿，从梦中醒来，起身下床，穿上衫裙，戴上珍珠宝石，头发上洒了麝香，手指浸过龙涎香，然后走到花园里散步，露珠浸湿了她的裙裾。

夜深人静时，大君主的女儿在花园中寻找情人。但是，在她父王的国度里没有爱她的人。

噢，但愿她是农夫的女儿，在山上放牧父亲的羊只，晚上回到草房，脚上沾着无人踏过的尘埃，衣衫散发出果园的馨香。待万籁俱寂时，她轻轻地来到情人等候的地方。

但愿她是修道院的修女，她把心烧成烟雾，空中散布着她心灵的芬芳；她把灵魂当蜡烛一样点燃，天空都载有她的灵光。她跪下祈祷，神秘的幻影将她的祈祷送往时间的宝库；在那里，在恋者的热情和孤独者的忧思旁，保存着虔诚者的祈祷。

但愿她是一个年迈的老妪，与分享过她青春的人一起晒太阳取暖。这比当大君主的女儿要好得多；在她父亲的王国里没有人把她的心当面包嚼，把她的血当酒喝！

我的心因果实而感到沉重，地球上有饥饿者来尽情采摘、享用吗？

我的心满载着佳酿，有口渴者来饮用、喝足吗？

噢，但愿我是棵不开花不结果实的树！丰产的痛苦比不孕的痛苦更甚；无人求告的富人的痛苦比无人施舍的穷人的失望更恐怖！

但愿我是口枯井，任人们落井下石；这比我是一眼旺泉，口渴者走过不饮一口要好。

但愿我是一根被踏烂的芦苇，这比我是哪家的吉他上的银弦要强；这家主人的手指被折断，他的亲人都是些聋子！

※ 十字架上的耶稣——写于受难的星期五

今天，每一年的今天，人们从沉睡中苏醒后，热泪盈眶地眺望着基勒吉尔山，面对着历代亡灵，遥看十字架上的耶稣……日落时分，人们跪在山脚下的偶像前祈祷。

今天，追念之情将世界各国全体基督教徒的心魂引向耶路撒冷。他们排成一行又一行，手按着胸膛，凝视着戴着芒刺桂冠的身影。他伸出双臂，面对无限，从死亡之幔的后面望着生命的深邃……但是夜幕并未降临在白昼的舞台，成群结伙的基督教徒，拥着愚昧、呆钝之被，在忘却的阴影下入睡。

每年的今天，哲学家离开阴暗的洞穴，理论家撇下寒冷的茅屋，诗人放弃幻想的谷地，肃然默立，聆听一位青年的话。他指着要杀他的几个人说："圣父啊，宽恕他们吧！因为他们不知道自己在干什么。"……但是寂静压倒了光明之声，哲学家、理论家和诗人又都全神贯注于古书之中。

妇女酷爱生活欢乐，倾心于盛装美饰。今天，她们出门去看站在十字架前受难的女子。她苦不堪言，像一棵柔弱的小树，在冬天凛冽狂风中不停地摇晃。妇女们凑近她，听到她痛苦的抽泣和呻吟。

青少年赶时髦乘潮流来到陌生之地。今天，他们回头一看，一位孱弱的少女正用泪水冲洗一个顶天立地大汉脚上的血迹。他们见状便哄笑着离去了。

每年的今天，人们随着春天的苏醒而苏醒，站在那里为耶稣的受难而哭泣，然后闭上眼睛，沉沉入睡；而春天依旧清醒，带着微笑行走，直至夏季来临，身着黄金色服饰，散溢着芳香。

人类是一个女子，以痛悼历代豪杰为乐趣。假如人类是一个男人，则为豪杰的荣誉和英气而欢愉。

人类是个女童，见到受伤的鸟儿便伫立悲叹。她怕狂风呼啸，刮走枯枝，扫光垃圾。

人类认为耶稣是一个苦孩子，是弱者，被蔑视，是罪犯，被钉在十字架上。人们为他哭泣，替他哀悼，歌颂他。这样做，完全出于对他的尊崇。

经过十几代，人们将耶稣当作弱者崇拜；而耶稣曾是强者，他们不懂强大的实际含义。

耶稣生时不是懦夫，死时也未呼痛。他生得潇洒，死得壮烈。

耶稣不是折断翅膀的小鸟，而是狂飙，会摧毁一切的翅膀。

耶稣走出蓝色的云霞，并非为了把痛苦作为生活的象征，而是把生活当作真理和自由的标志。

耶稣不惧怕压迫者，也不惧怕敌人。面对刽子手，他没有乞求怜悯。耶稣是殉教者的首领，勇敢地面对专制和暴政。他见到恶疮脓包，必定切除；听见恶人大放厥词，必定制止，遇到伪君子，必定打倒。

耶稣自光明极顶降临人间，不是为了拆毁屋宇，以其砖石建造教堂、修道院，招收壮汉充当牧师；而是把一种新的精神播撒在这个世界，以捣毁骷髅堆上的宝座支柱，拆除坟墓上的巍峨宫殿，粉碎矗立在弱者躯体上的偶像。

耶稣并不是为教会人们在简陋房舍旁边建起宏伟殿堂才降临人间；而是为了使人心化为庙宇，灵魂变成祭坛，意识成为牧师。

这就是耶稣的业绩，这就是耶稣以在十字架上殉难而追寻的原则。如果人们理智，那么今天就该欢欣鼓舞，高唱胜利凯歌。

你是被钉在十字架上的伟人，从基勒吉尔山的峰顶俯瞰各代人的队伍的观察者，各民族呼声的聆听者，永恒之梦的诠释者。你在溅满鲜血的十字架上，比千百个王国宝座上的国王都高贵威严；你虽然面对死亡，但比千百次战役中的统帅们更勇猛果敢。

你虽忧伤，但比百花盛开的春天更欢乐；你尽管疼痛难忍，仍比七重天上的天使从容潇洒；你在刽子手中间，却比阳光更自由。

你头戴的芒刺桂冠，比拜赫拉姆王冠更雍容华贵；你身上的铁钉，比丘比特的权杖更崇高显赫；你脚上的血滴，比阿史特鲁特的钻石项链更晶莹明亮。请宽恕这些为你落泪的弱者吧！因为他们不了解该怎样祭奠自己的心灵。请原谅他们，因为他们不知道你用死亡战胜了死神，将生命赠给了墓中亡灵。

※ 喂，心灵

喂，心灵！

假如我不追求永恒，

便无法领悟世代的旋律，

只能被迫地结束我的现在。

我的外观变成

与坟墓为伴的秘密。

喂，心灵！

假如我不曾用泪水沐浴，

也不曾用憔悴化妆眼睑，

定会盲目地生活。

目光中闪烁着胜利，

我见到的仅是漆黑一团。

喂，心灵！

生活就是夜晚，因黎明告终，

黎明是永恒。

我心中的干渴是证明，

在仁慈的死神经过的地方，

定会有甘泉。

喂，心灵！

假如无知者说"精神似肉体，

逝去永不回"，

请对他说："鲜花会凋谢，

根却永存，有不朽的性质。"

※ 一个朋友的故事

1

我认识他，一个误入生活歧途的青年，一味地寻欢作乐，浪荡成性。我认识他，一朵娇嫩的鲜花，被轻浮之风刮进了贪欲的波涛中。

我知道他，在这个村子里，他是个坏孩子，上树掏鸟窝，整死雏鸟；践踏鲜花，撕烂花瓣。

我知道他，在学校里精力过盛，不肯用功，一味胡闹，到处捣乱。我知道他，在城市里靠着父亲的名誉招摇撞骗，挥金如土，吃喝嫖赌，无所不为。

不过，我还是爱他的，这种爱掺杂着遗憾，也含带着怜悯。我爱他，因为他的胡作非为并非源自卑微的灵魂，而是出自一颗软弱绝望的心灵。人们啊，那颗心不得已偏离了正道，但仍想回头成金。青春期常有夹着沙尘的风暴，人们难以睁眼，偏离目标，在许多方面混混沌沌。

我爱这个青年，对他忠实诚恳。我看他的良心像只鸽子，恶习像只兀鹫。鸽子落败不是因为怯懦，而是敌人的力量太强。良心是一个公正的法官，但是软弱，软弱阻碍了他去实施自己的裁判。

我说了我爱他，这种爱通过各种形式表现：有时晓之以理，有时给以公道，有时则是期望或者等待。我对他的爱曾表现为希望他心灵的光芒会驱散那恼人的阴霾。可是，我不知道，污垢怎样才变成纯洁，凶残怎么能变得温顺，轻浮怎样变成理智。人们常常在事后才知道，心灵怎样摆脱物质的桎梏。只有待日出以后，才知道百花如何争艳。

2

光阴荏苒，日复一日，我想起那个青年就心如刀绞，提到他的名字就长吁短叹，忧心如焚。这种情形一直持续到昨天，我接到了他的一封信。他在信中写道：

"请到我这里来，我的朋友！我想向你介绍一位青年，你会真心愿意同他见面，认识……"

我说："真倒霉！难道他是想让我再结交一个像他那样的朋友，让这可悲的友谊成双结对？难道他独自还不够典型，还不足以使人知道误入歧途的种种表现？难道他现在想以伙伴们的顽劣补足他的丑行，让我们逐字逐句读完这部物欲的经典？"

过了一会儿，我又想："我还是去，心灵可依靠智慧从带刺的鼠李上摘下果实，也可以用仁爱从黑暗中汲取光明。"

夜晚来临时，我去了，发现那个青年正独自在屋里读诗。我一面同他寒暄，一面对他竟手捧书本不胜惊讶。于是，我问道："新朋友在哪儿？"

他回答："就是我呀，赫里里。是我。"

他随即安静地坐下来，我从未见过他这么文静。他望着我，双眸闪现出奇异的光。那光可以洞察心扉，了解一切。这双眼睛，我过去常审视它，当时见到的只有粗暴和凶狠，现在变得目光炯炯，情深意长。当他说话时，我还以为那声音出自他人之口。他说："你从前认识的那位同窗，青年时期的朋友已经死了。由于他的死，我获得了新生。我是你的新朋友，握住我的手。"

我握住他的手，在接触到他手时，我便感觉到他手里有一个温和的灵魂随着血液流动着。那粗硬的手已变得柔嫩；过去像老虎爪子的手指头，现在柔软得可以抚摸心脏。接着，我忍不住发问，我不知道我的话怎么会说得那么莫名其妙。我问道："你是谁？你是怎么来的？去过什么地方？是圣灵使你脱胎换骨，把你变成圣徒，还是你在我面前扮演一个诗剧里的角色？"

他回答说：

"我的朋友，是的，是圣灵降到了我的身上，使我变成了圣徒；伟大的爱把我的心变成了圣洁的祭坛。它是女人，我的朋友，我过去认为是男人玩物的女人，把我从黑暗的地狱中拯救了出来，在我的面前打开了天堂的大门，于是我走了进去。那个真正的女人把我带到她仁爱的约旦河畔，为我施了洗礼。就是那位女性，我曾经因愚蠢蔑视过她的姐妹，她却把我抬举到光荣的宝座上；就是那位女性，我曾经因无知而玷污过她的伙伴，她却以自己的情感使我焕然一新；就是那位女性，我曾经用金钱役使过她的同伴的女儿，她却用她的美使我自由……

就是那个女性，她曾使亚当被逐出乐园——由于他的懦弱和她强烈的意愿，而如今却使我重返乐园——由于她的温柔和我的顺从。"

此刻，我注视着我的朋友，只见他泪珠晶莹，嘴角绽出甜蜜的微笑，头上闪耀着爱情的光环。于是，我走近他，亲吻他的额角，祝福他，就像教士在祭台上亲吻圣体一样。不久，我向他告别。

在归途中，我重复着他的话："就是那个女性，她曾使亚当被逐出乐园——由于他的懦弱和她强烈的意愿，而如今却使我重返乐园——由于她的温柔和我的顺从。"

※ 雄狮巨人

夜深人静，一个黑色巨影，

在缓缓而行。

他孤身一人，

如大地创造的唯一主宰。

他脚踩土地，尘土飞扬，

如云彩掠过废墟之上。

身上裹着光和雾

织成的衣裳。

我说："挡住黑夜去路的幻影！

你是人还是妖精？"

他气恼并嘲弄地回答：

"我是命运的阴影。"

我说："不，幻影！命运死了，

在产婆接生我的那一天。"

他惶然地说："我是那爱情，

生活只接纳获得它的人。"

我说："不，爱情是鲜花，

春天之花凋零便不再存活。"

他发怒，声如大海喧闹：

"我是令人生畏的死神。"

我说："不，死亡是黎明，

一旦降临，便将昏睡者唤醒。"

他得意地说："我是荣誉，

得不到者便因病丧生。"

我说："不！死亡是阴影，

消失在殓衣和坟茔。"

他困惑地说："我是秘密，

在灵魂和肉体间蹒跚而行。"

我说："不！思想一旦觉醒，

秘密似梦消失无影。"

他焦躁地说："够了，别问我是谁！"

我说："难道还要责难爱打听？"

他掩饰道："我就是你，

别向天地去打听。

若想知道我是谁，

早晚看镜便知情。"

他说完，如风逐烟云，

迅即消失不见。

我留在夜间的阴影中，

浮想联翩至天明。

※ 小溪说什么

清晨来临，我走在谷地。

拂晓公布世界永恒的秘密。

山涧里流出一条小溪，

欢歌、呼唤、一展胸臆：

生活不是安逸，

而是追求和希冀。

死亡不是歌曲，

而是失望与衰微。

智者不在于言语，

而在于其隐含的奥秘。

伟人不在地位，

荣誉在于不求权力。

高尚不因世袭，

多少贤者因先人丧命。

卑贱不因镣铐，

镣铐比项链更高贵。

幸福不因蜂蜜，

天堂就在健全的心灵里。

地狱不因酷刑，

空虚的心更甚于地狱。

财产不因其占有，

多少富人沿街讨乞。

美丽不在外貌，

俊雅是内心的辉耀。

完美不专属清廉，

坏事也能变成恩惠。

这就是小溪吐露的心曲，

左右岩石听分明。

它所说的一切，

大约都是大海的秘密。

※ 论死亡

米切尔又开口说，现在我们想请教死亡。

他说：

你们想知道死亡的秘密。

但你们若不在生命中去寻找，又怎么能发现它呢？

夜里睁眼的猫头鹰，对白天盲目无知，它不能揭示光明的神秘。

如果你们真想瞻仰死亡之魂，对生命之体需敞开心怀。

因为生死一体，犹如江河大海。

在你们希望和欲念的深处，藏着你们对彼岸的默识；

如同种子在雪下梦幻，你们的心憧憬着春天。

相信那梦幻，因为那里隐藏着通向永恒之门。

你们对死的恐惧，只是牧羊人站在国王前，因驭手的恩抚而战栗。

那牧羊人不是在战栗中兴奋不已，因为他将留有国王的印记？

但他不是又更注意自己的战栗吗？

什么是死，不就是在风中裸立，消融于日光？

什么是停止呼吸，不就是把呼吸从无休止的气流中解放，使它能升高扩展，毫无障碍地去寻找上帝？

只有当你从静河饮水，你才真正地歌唱。

当你到达顶峰，你才开始攀登。

当大地认领你的四肢，你才真正地舞蹈。

※ 诗人的死就是生

冰天雪地，夜幕笼罩着城市。严寒击溃了集市上的人们，使他们个个躲在自己的窝里。朔风在房舍间凄厉地呼啸着，好像一个吊丧的人站在大理石砌成的陵墓间，在为死神的猎物哀悼。

市郊有座梁折柱斜的小茅屋，在冰雪的重压下显得摇摇欲坠。屋子的一个角落里有一张破烂不堪的床，床上躺着一个奄奄一息的人。他瞅着微弱的灯光，灯光在黑暗中苦苦挣扎，终于被黑暗吞没了。那是一位正值青春韶华的青年，他已经知道了那将使他永远摆脱生之羁绊的大限即将来临，于是蜡黄的脸上闪着希望的光，苍白的嘴唇上露出凄楚的笑，他在迎接死神的光临。这是一位诗人，他来到世上，是要用他满腹珠玑的语言使人们心旷神怡，如今却要在这满是富商巨贾的城市里饿死了。这是一个高尚的魂灵，天赐他降至人间，以使人生甜蜜美满。如今，他却未等人类向他报以微笑，就要与我们这尘世匆匆辞别而去。他在弥留之际，尚存一息，身边只有孤灯一盏，这是他寂寞中的伴侣；还有一页页稿纸，跃然纸上的是他的一颗美好的心灵。

那垂危的青年，聚集起即将消失的余力，向上举起两手，竭力睁开枯萎了的眼皮，仿佛是想要用最后的目光，穿透那破败茅屋的棚顶，看看苍穹中阴云后面的群星。然后，他说道：

"来吧，美丽的死神！我对你早就心驰神往了。请你走进前来，解开这物质的羁绊，我拖着它早已疲惫不堪。来呀，亲爱的死神！快来到我身边，救出我吧，让我脱离开这人间！人们一向把我看成异己，只因为我把从天使那里听到的话译成了人的语言。快来吧！人类已经抛弃了我，把我投掷于遗忘的渊薮，只因为我不像他们那样贪图金钱，也不把弱者奴役、驱唤。来呀，美好的死神，把我带走吧！我的同胞、乡亲并不需要我。把我搂在你充满仁爱的怀里，吻我的嘴唇！这嘴唇没有尝过母亲亲吻的滋味，没有触过姐妹的面颊，也没有吻过心爱的姑娘的樱唇。快来拥抱我吧，亲爱的死神！"

这时，在那垂危的青年的床边，立着一位天仙的幻影，她穿着雪白的衣服，手捧着雪白的衣服，手捧着从天上采集来的百合花环。她走到他的身边，拥抱着他，合上了诗人的两眼，使他能用心灵的眼睛看见她；她在他的嘴唇上印上爱怜的一吻，那吻在他的双唇上留下了满意的微笑。

就在这一刹那，那屋子变得空空如也，只剩下了尘土与一些散落在黑暗角落里的纸张。

光阴荏苒，那座城市的居民们不知在昏天黑地中沉睡了多少年、多少代，当他们清醒过来，睁开眼睛，见到了知识的曙光之后，就为那位诗人在广场上树立了一座高大的塑像，并每年集会来纪念他……啊，人们是多么愚蠢无知！

※ 自杀之前

昨天，在这间宁静的房间里，我心爱的女人坐着。

她美丽的头靠在柔软的玫瑰色的枕头上，手端着水晶杯，大口饮着掺有香精的酒。

这是昨日的事，昨日是一去不复返的梦。而今天，我心爱的女人已经去了遥远的地方，那里空旷、荒芜、寒冷，人们称为遗忘国。

我心爱的女人的指纹还印在水晶玻璃杯上，她芳香的气息还留在我的衣服里，她的音容笑貌还在这间房间里回荡。可是，这个女人——我心爱的——已去了遥远的地方，人们称之为流亡和忘却国。而她的指纹、香气和倩影将留在这个房间里，直至明天早晨。到那时，我将打开家中窗户，让强风横扫这个富有魅力的美女留下的一切。

我心爱的女人的画像仍旧挂在我的床边。她寄给我的情书还收藏在镶嵌着玛瑙、珍珠的银匣里。她送给我的爱情信物——一绺金发从未离开过锦缎香囊。所有这些都将留下，一直留到明天。当黎明来临时，我将打开家中窗户，让阵阵强风把这些带到虚无世界的黑暗中去，带到哑神的地方。

青年人，我心爱的女人同你们的意中人一样，是上帝创造的奇异女性，她有鸽子般的温柔驯服，毒蛇般的反复无常，孔雀般的艳丽妩媚，豺狼般的凶狠残暴，白玫瑰般的美丽多彩，黑夜般的阴森恐怖，再加一把炭灰，一勺海水泡沫。

在孩童时期，我就认识了她。我随着她在田野里奔跑嬉戏，我拉着她的衣角在大街上流连徜徉。

在少年时期，我在字里行间看到了她的形象，在天空乌云的缝隙间欣赏着她的身影，在溪水流淌的淙淙声中倾听她悦耳的声音。

在青年时期，我同她促膝谈心，彼此交流，互诉衷肠。

所有这一切都发生在昨天，昨天是一去不复返的梦。今天，我心爱的女人已经去了遥远的地方，那里空旷、荒芜、寒冷，人们称之为遗忘国。

我心爱的女子名叫生命。

生命是奇异的美女，令我们为之倾倒。她为我们许下许多愿。若不兑现，我们失去耐心；如能兑现，我们乐此不疲。

生命是一个女人，用情人的泪水沐浴，用情死者的鲜血洒身。

生命是一个女人，身着白昼为面、黑夜为里的衣服。

生命是一个女人，愿同人交心，不与人结为终身伴侣。

生命是一个妓女，尽管有几分颜色，但若见她淫荡，定会憎恨她的美丽。

※ 启示

夜渐渐深沉，睡眠把它的斗篷覆盖在大地的脸上。

这时我离开了我的床，去寻找大海，我同我自己说：

"大海永不睡眠，大海的清醒不眠给失眠的灵魂带来安慰。"

我到达海滨的时候，大雾已经从山顶上降落下来，遮盖着世界，就像面纱装饰着少女的脸。

我站在海滨凝望着波涛，谛听着涛声，思索着藏在波涛后面的力量——

这力量与风暴一起奔腾，与火山一起咆哮，与嫣然的花朵一起微笑，与潺潺的溪流一起奏乐。

过了一会儿，我转过身来，嗨，我瞧见三个人影儿在附近的一块岩石上，我看到雾霭掩着我们，可又遮掩不了。

被某种我不知道的力量所吸引，我慢慢地向他们所坐的岩石走去。

我站在离岩石几步路的地方，凝望着他们。

因为那儿有一种魔力，它使我的目的明朗化具体化了，并且触动了我的幻想。

这时候三个人影儿中有一个站起来了，他用一种在我听起来像是发自大海深处的声音说道：

"没有爱情的生命像是没有花或果的树，而没有美的爱情就像是没有芳香的花，没有种子的果。生命、爱情、美，三者统一于一个自我，自由自在，无穷无限，既不知变化，又不会分离。"

他说罢就重新坐在他的位置上。

第二个站起来了，用一种像是激流奔腾澎湃的声音说道："没有反抗的生命像是没有春天的季节，而没有正义的反抗就像是春天埋没在干旱荒芜的沙漠。生命、反抗、正义，三者统一于一个自我，其中既无变化，又无分离。"

他说罢就重新坐在他的位置上。

然后第三个站起来了，用像是雷鸣隆隆的声音说道："没有自由的生命像是没有心灵的肉体，而没有思想的自由就像是个混淆是非黑白的心灵。生命、自由、思想，三者统一于一个永恒的自我，既不消失，又不化为乌有。"

接着，三个人都站了起来，用庄重威严的声音说道："爱情和爱情所产生的一切，反抗和反抗所创造的一切，自自和自由所孕育的一切，这三者是神祇的三个方面……而神祇乃是有限的和有意识的世界之无限无穷的心灵。"

随之而来的是寂静，寂静中充满了看不见的翅膀的振动以及缥缈的身体的战栗。

我闭上了眼睛，静听着我所听见的格言的回声。

当我张开眼睛的时候，我只看见大海藏在一条雾霭毛毯之下。

我向岩石走过去。

我只看见一炷香冉冉升向天空。

※ 虚荣的紫罗兰

幽静的花园里，生长着一棵紫罗兰。她有美丽的小眼睛和娇嫩的花瓣。她生活在女伴们中间，满足于自己的娇小，在密密的草丛中愉快地摆来摆去。

一天早晨，她抬起顶着用露珠缀成的王冠的头，环顾四周，她发现一株亭亭玉立的玫瑰，那么雍容而英挺，使人联想起绿宝石的烛台托着鲜红的小火舌。

紫罗兰张开自己天蓝色的小嘴，叹了一口气，说："在香喷喷的草丛里，我是多么不显眼啊，在别的花中间，我几乎不被人看见。造化把我造得这般渺小可怜。我紧贴着地面生长，无力地向蓝色的苍穹，无力把面庞转向太阳，像玫瑰花那样。"

玫瑰花听到她身旁的紫罗兰的这番话，笑得颤动了一下，接着说："你这枝花多么愚蠢呵！你简直不理解自己的幸福，造化把很少赋予别类花朵的那种美貌、那种芬芳和娇嫩给予了你。抛弃你那些错误的想法和空洞的幻想，满足于自己的命运吧，

要知道，温顺会使他变得坚强，谁要求过多，谁就会失去一切。"

紫罗兰回答道："呵，玫瑰花，你来安慰我，因为在我只能幻想的那一切，你都有了。你是那样美好，所以你用聪明的辞令粉饰我的渺小。但是对于不幸者说，那些幸福者的安慰意味着什么呢？向弱者说教的强者总是残酷的！"

造化听到玫瑰与紫罗兰的对话，觉得奇怪，于是高声问："呵，女儿，你怎么了，我的紫罗兰？我知道你一向谦逊而有耐心，你温柔而又驯顺，你安分而又高尚。难道你被空虚的愿望和无谓的骄傲制服了？"

紫罗兰用充满哀求的声调回答她："呵，你原是天上全能、悲悯万物的啊，我的母亲！我怀着满腔激情、满腔希望请求你，答应我的要求，把我变成玫瑰花吧，哪怕只一天也好！"

造化说："你不知道你请求的是什么。你不明白外表的华丽暗藏着不可预期的灾祸。当我把你的躯干抽长，改变了你的容貌，使你变成了玫瑰花，你会后悔的，可是，到那时，后悔也无济于事了。"

紫罗兰答道："呵，把我变作玫瑰花吧！变作一株高高的玫瑰花，骄傲地抬着头！日后不论发生什么事，都由我自己承担！"

于是，造化说："呵，愚蠢而不听话的紫罗兰，我满足你的愿望！但是，如果不幸和灾祸突然降落在你的头上，那是你自己的过错！"

造化伸开她那看不见的魔指，触了一下紫罗兰的根——转瞬间紫罗兰变成了盛开的玫瑰，伫立在众芳之上。

午后，天边突然乌云密布，卷起旋风，雷电交加，隆隆作响，狂风和暴雨所组

成一支不计其数的大军突然向园林袭来；他们的袭击折断了树枝，扭弯了花茎，把傲慢的花朵连根拔起。花园里除了那些紧贴着地面生长或是隐藏在岩石缝里的花草之外，什么也不剩了。而那座幽静的花园遭到了比其他花园更多的灾难。

等到风停云散，花儿全死去了，——她们像灰尘一样，满园零落，惟有躲在篱边的紫罗兰，在这场风暴的袭击之后，安然无恙。

一株紫罗兰抬起头来，看着花草树木的遭遇，愉快地微笑了一下，招呼自己的女伴："瞧呵，暴风雨把那些自负为美的花朵变成了什么哟！"

另一株紫罗兰说："我们紧贴着地面生长。我们才躲过了狂风暴雨的愤怒。"

第三株喊道："我们是这般脆弱，但龙卷风并没有战胜我们！"

这时紫罗兰皇后向四周环顾了一下，突然看见昨天还是紫罗兰的那株玫瑰花。暴风雨把她从土里拔起，狂风扫去了她的花瓣，把她抛在湿漉漉的青草上。她躺在地上，像一个被敌人的箭射中了的人一样。

紫罗兰皇后挺直了身子，展开自己的小叶片，招呼女伴们说："看呵，看呵，我的女儿们！看看这株紫罗兰，为了能炫耀自己的美貌，她想变成一株玫瑰，哪怕是一小时也可以。就让眼前这景象作为你们的教训吧。"

濒死的玫瑰叹了一口气，集中了最后的力量，用微弱的声音回答道："听我说吧，你们这些愚蠢而谦逊的花儿，听着吧，暴风雨和龙卷风都把你们吓坏了！昨天我也和你们一样，藏在绿油油的草丛里，满足于自己的命运。这种满足使我在生活的暴风雨里得到了庇护。我的整个存在的意义都包含在这种安全里，我从来不要求比这卑微的生存更多一点的宁静与享受。呵，我原是可能跟你们一样，紧贴着地面生长，等待冬季用雪把我盖上，然后偕同你们去接受那死亡与虚无的宁静。但是，只有当我不知道生活的奥妙，我才不能那样做，这种生活的奥妙，紫罗兰的族类是从来也不知道的。从前我可以抑制自己一切的愿望，不去想那些得天独厚的花儿。但是我倾听着夜的寂静，我听见更高的世界对我们世界说：'生活的目的在于追求比生活更高更远的东西。'这时我的心灵就不禁反抗起自己来了。我的心殷切地盼望升到比自己更高的地方。终于，我反抗了自己，追求那些我不曾有过的东西，直到我的愤怒化成了力量，我的向往变成了创造的意志。到那时，我请求造化——你们要知道，造化，那不过是我们一种神秘的幻觉的反映，——我要求她把我变成玫瑰花。她这样做了。就像她常常用赏识和鼓励的手指变换自己的设计和素描一样！"

玫瑰花沉默了片刻，然后带着骄傲而优越的神情补充说："我做了一小时的玫瑰花，我就像皇后一样度过了这一小时。我用玫瑰花的眼睛观察过宇宙。我用玫瑰花的耳朵倾听过太阳的私语。我用玫瑰花的叶片感受过光的变幻。难道你们中间找得到哪一位，蒙受过这样的荣耀么？"

玫瑰低下头，已经喘不上气来，说："我就要死了。我要死了，但我内心里却有一种从来没有一株紫罗兰所体验过的感觉。我要死了，但是我知道，我所生存的那个有限的后面隐藏着的是什么。这就是生活的意义。这就是本质的所在，隐藏在无论是白天或夜晚的机缘之后的本质！"

玫瑰卷起自己的叶子，微微叹了一口气，死去了。她的脸上浮着超凡绝俗的微笑——那是理想实现的微笑，胜利的微笑，上帝的微笑。

※ 我的灵魂

我的灵魂同我说话，劝导我爱别人憎恨的一切，劝导我同别人所诽谤的人们友好相处。

我的灵魂劝导我启发我：爱不仅使爱者尊严高贵，而且使被爱者尊严高贵。

我的灵魂劝导教育我洞察那被形式和色彩所遮盖的美，我的灵魂责令我目不转睛地注视着那被认为丑的一切事物，直到我看出美来。

我的灵魂劝导责令我寻求那看不见的事物，向我启示：我们掌握在手里的，便是我们的欲望所追求的。

我的灵魂劝导我，忠告我用这句格言衡量时间："有过一个昨天，并且行将有一个明天。"在短促的现在里，一切时间以及时间中的一切，都完成了，实现了。

我的灵魂劝导我，告诫我：不要因为过分称赞而得意洋洋，不要因为害怕责备而苦恼万分。如今我懂得了这个道理：树木春天开花，夏天结果，秋天落叶，冬天光秃秃——它既不得意洋洋，又不害怕羞臊。

我的灵魂劝导我，使我确信：我不比侏儒高大，也不比巨人矮小。制造我的尘土，必是用以制造众人的同一尘土。我的种种元素就是他们的种种元素。我内在的自我也就是他们内在的自我。我的奋斗就是他们的奋斗，而他们的经历便是我自己的经历。

我的兄弟，我的灵魂劝导我，我的灵魂启发我。而你的灵魂，也时常劝导启发你。因为你像我一样，我们之间并无区别，所不同的，不过是我把在自己沉默时听到的内心里的东西，用语言表达出来罢了。而你，却守卫着你内心的东西——你守得很牢，正如我说得很多一样。

志贺直哉

志贺直哉（1883—1971），日本小说家。主要作品有《在城》《和解》《暗夜行路》等。

※ 兔子

从前，住在山科时，养过一次兔子；在奈良时，又养过一次，觉得养兔子也并不好玩。在山科是放养的，住在地板底下。院子里有很大的池塘，在池边的绿草上有四五只白色小动物在游戏，家里人觉得好玩。可是一到春天，近处菜地上长出许多蔬菜，那些兔子便从篱笆里钻出去，开始糟蹋起来，终于庄稼户有意见了，只好全送到别处去。因为是放养，可能恢复了它的野性，要逮住还很不容易。

在奈良时，厨房前有五六株青桐树，两边是土墙，另外两边张上了铁丝网，兔子便养在那里。好像在那里掏了洞生小兔子，挖开洞来看，弯弯曲曲的有四五尺深，洞底卧着四五只小兔，底下铺着草，母兔还揪下自己肚子上的毛，同草垫在一起，看母兔的胸腹，还露出红红的肌肉。光繁殖，也不想吃它，因此，放到春天的树林子里去了，其后再没有见过，一定是被人或狗逮住了。

现在养的一只，是这儿街道办事处在它刚出生时送给我们的。去年底，最小的女儿贵美子，提出要求："我们养兔子好么？"

"养大了要吃的，如果答应这个条件，那就养吧。"

"可以可以……反正养熟了，爸爸一定不肯杀了吃的。"孩子一开头就打算好了。

"不，杀了吃，一定的。"

"好，没有关系。"贵美子笑了。马上做了一只木箱，又在餐室前打了一个木柱，用一块尺半见方的木板，做一个像盘子似的台架，架在上面。贵美子把小兔抱来了，大概刚出生不过几天的样子。

白天，把小兔搁在台上，到晚放进木箱，搁在门间的水泥地上。

兔子很能吃，拉很多黑豆似的粪粒，每天早上把粪埋在牡丹根下，兔子渐渐大起来了。

把小木箱放在门台边，兔子听见天空中飞机飞过和长尾鸡啼叫的声音，便惊慌地逃进木箱去。鼻子总在索索地动，耳朵也好像很灵，只消听到远处的狗叫，马上竖起来，鼻子立刻不动，静静地伏着。有时站起两条后腿，两只长耳朵一会儿伸向前面，一会儿伏到后面。有时睡在阳光下，没精打采的样子，光竖起一只耳朵。

总之，是胆小的动物。有一次，楼上阳台上晒着被子，被子从上面掉下来，把它吓坏了，从高台上跳下，逃到院中树荫下躲起来了。有时猫儿想跳上它的木台，它把两只前爪趴在板沿上，索索地动着鼻子，很害怕地从上面向下张望。

贵美子一人在餐室吃饭，忽然听见吱吱的怪叫，连忙跑出去瞧，见狗正在追兔子，狗见了贵美子就逃走了，可是兔子也害怕贵美子，要逮也逮不住它。那时它眼睛上面已被抓伤，流出血来，留下了伤痕。

原以为它不会叫，可是后来留意到，也会发声，高兴时，发出咕咕的低音，走到人眼前，凹进了肚子，便咕咕地叫了。人也学它咕咕地叫，它又咕咕地叫了。倒是比原来想象更容易养熟的动物。最近熬了几个夜，夜里上厕所——厕所就在门间边上——开头，兔子听到脚步声，惊慌了，躲到台阶底下去，等我从厕所出来，却正在门外等着我，高高兴兴地围着我脚边绕圈儿。一直跟我到走廊下，我只好举脚把它赶开，关上了廊门。

已经长大了，原来那个木台不够大了，另外又打了木桩，造一个三尺见方的台架。早上从木箱放出来，它在这台架上，又是跑，又是跳，又是溜跶，一只后脚常常蹈空，总是闹个没完。人走过去，就靠拢来，已经不怕人了，却跟狗一样，故意逃开着玩儿。给它打扫台架时，想叫它让开点可以打扫，它却蹲在那儿不肯移动，这也跟狗儿一样。也喜欢人用手去抚摸它，特别是按住它的头，把它的项颈扣在台板上，它便闭着眼睛不动了。养了三次兔，这一次最有趣了。因为饲料关系，家里已不养动物，大概由于好久不养，所以特别感兴趣吧。

从餐室玻璃窗，看外面木台上的兔子，是最近的一种娱乐。看看兔子的各种姿态，几乎一切都使我想起日本画中所画的兔子来，常常联想到宗达的画，画得很简单，寥寥数笔，便表现得特别生动。可是在看兔子时却很奇怪，没联想到栖凤的写实的兔子，光是写实，却抓不住兔子本来的神情。活着的兔子，可比栖凤的写实画，更接近宗达的写意画。想起来也是一件趣事。

叫孩子称了一称，兔子的体重已有四斤多了，背上的肌肉，摸起来很厚实。——住在邻近的W君最近教我杀兔的方法，要吃兔肉不用刀杀，只要一条带子勒住它的脖子，挂在门外钉子上，不用去看它，过一会就死了，也不流血，不知何时已经断气了。

可是我们这只兔子没有杀，实际上，我同贵美子一样，在刚养起的时候已经知道了。

劳伦斯

戴维·赫伯特·劳伦斯（1885—1930），英国诗人、小说家和文艺批评家。

劳伦斯的小说运用弗洛伊德的心理分析学说，

把性作为人的本能特征加以描写，在本世纪初期被认为有伤风化，

其小说《恰特莱夫人的情人》（1928），直到60年代一直被列为禁书。

其代表作还有长篇小说《虹》《儿子与情人》《恋爱中的女人》《羽蛇》等。

※ 复活的上帝

复活的上帝，复活的上帝

死而复生，

踏在这土地上，感受泥土的潮湿，

尽管他的双脚依然柔嫩。

教会大声宣布：我们宣讲的是被十字架钉死的基督！——但他们这样做，

只是宣讲了受难的耶稣的一半，只完成了他们的一半职责。使徒信经说："耶稣被钉在十字架上，死了，被埋葬了……但在第三天，他又复活了。"又说："我相信生命的轮回再生……"所以说，宣讲耶稣的受难只是讲了真话的一半。教会的责任就是宣讲基督是在人中诞生——即圣诞节，宣讲他受难的日子——即受难日，也要宣讲他的复活——即复活节。复活节到十一月的万圣节，直到圣母领报节，这一年都属于复活的上帝，也就是说，整个鲜花盛开的春天，夏天，以及粮丰果硕的秋天，统统都属于复活了的基督。

但教会只强调受难的耶稣，剥夺了我们开花结果的季节。天主教给了我们一切形象：孩提时的耶稣的形象——坐在母亲的膝盖上，强调的也是受难的耶稣，然后是弥撒，通过牺牲来达到赎罪的奥秘。然而，所有这一切都是准备工作，都是真正充满生机的宗教的准备阶段。坐在母亲膝头的基督明显是一个预告，为的是使我们做好准备，接受成年的基督。然而，大多数基督徒却只停留在这个阶段上。

我们应铭记在心的是，伟大的宗教形象往往只是我们自己经验的化身，或者说，是我们自己的心境和灵魂所产生的形象。在天主教国家里，占统治地位的是圣母和圣子在一起的形象，因而人们也就不由得总是把自己当作一个孩子，一个坐在圣母膝盖上的圣孩。在第一次大战以前，如果有个意大利人不小心伤了自己，或突然陷入了某种悲伤，他喊出的第一个声音一定是"O mamma mia! mama mia! ——啊，妈呀，妈呀！"许多英国人亦是如此。这意味着什么呢？这意味着人们把自己当成小孩，当成坐在大慈大悲的圣母膝盖上的天真的圣孩。人们根据他自己这个形象去生活——一个受母亲庇护的正直的"好"孩子的形象，直至这个形象在他们心中破碎为止。

大战时期，这个形象在许多男人心中破碎了，虽说还留在他们的女人的心中。战争期间，那些受苦最多的男人得不到妻子、母亲的帮助。没有一个妻子、母亲、姐妹或情人能把他们从枪炮底下拯救出来。这个事实在他心中扎了根，击碎了他们心中那个母亲和圣孩的形象，只留下了基督受难的形象。

当然，女人的情况不同。她们心中的形象没有碎。她们依然把自己视为大慈大悲、具有无限保护力的圣母。男人就坐在她的膝盖上，就像过去那些绘画：圣孩坐在玛丽亚的膝头上。不难理解，女人是不愿放弃她自己这种形象的。这种形象赋予女人以最大的意义，最大的力量。打碎这个形象，她的意义和力量就荡然无存了。但是，从战场上回来的男人却否认这种形象——对他们来说，这种形象已经粉碎了。因此，女人竭力想保持这种形象——圣孩坐在大慈大悲的圣母膝上的形象。女人白白地战斗了一番，后果是灾难性的。

因为，在战争期间，男人心中这种大慈大悲、乐善好施的圣母形象已经破碎了。因为女人事实上没有阻止枪炮把那些向她们呼救的男人击成碎片，无论她是否有这个能力。所以，女人的形象倒下来了，随之倒下的还有圣孩的形象。对那些经历过战争的男人来说，他们心中的形象肯定是受难的耶稣，在十字架上受折磨的耶稣。从根本上说，受难耶稣的形象是没有女人在场的。

的确，不少没上过战场的年迈男人仍然坚持圣孩的地位，而大多数老妪则坚持仁慈圣母的权威。但这是徒劳无益的。枪炮击碎了中年男人心中的圣母-圣孩形象，年轻人则是在形象破碎后诞生的，或者，在这之后才逐渐开始有了真正的意识。

这就是我们的处境！在当今的男女中，我们有三大不同的形象分类。我们有年迈的老人，他们从未经历过枪炮的洗礼、依然愚昧地坚持说，男人就是圣孩，女人是一切罪恶和危险的保护神。说愚昧，是因为这个形象完全不能起作用。另外，我们还有中年男人，他们都受过战争的折磨，到死神那儿报到过。他们把没有女人在场的受难耶稣当成自己的形象，高声喊道："Consummatum est！"（一切全完了！）——这是他们临死前的呼声。第三种就是从未经历过战争的年轻人。他们对战争不存幻想，他们的父辈临死前的喊声：一切全完了！在他们血液中回响。他们无法做出反应，甚至无法嘲笑这种喊声。这不是开玩笑，永远也不会成为玩笑。

中年人和老年人心中的形象都不是他们的形象。他们不可能接受那种圣母圣孩的形象，老朽们至今仍坚持这一形象。他们也不会接受上一代的受难耶稣的形象。因为年轻人是在上一代大喊"一切全完了"，在上一辈人的尸体放入坟墓之后才开始生活的。当他们踏上生活舞台时，耶稣已不在那钉死他的十字架上了。坟墓已经盖上，女人已经永远地失去了圣孩和自己圣洁的特征。这完全是鼎盛之后的萧条、凄冷、惨淡、空虚、单调、缺乏意义，简直可以说是无聊。

年轻人走上生活舞台，发现一切都已成为过去。到处都是空荡荡的十字架，到处都是盖毕的坟冢；到处都没有男子气，唯有那些苦涩而自以为是的女人。到处对十字架上的耶稣，死去的耶稣，被埋葬的耶稣的幻想都已破灭。剩下的只是受难日到复活节之间的那段空白。

教会却不是宣讲复活的上帝，而是继续宣讲圣孩和受难的耶稣。男人心中若没有某种有关他自己的意象是活不下去的。然而，假如这个意象同他内心的经验和感受不相吻合，那么他就更无法生活。而有关圣孩和受难耶稣的意象同年轻人的内心体验都是不相符的。他们根本没有这种感受。他们对长辈表现出最大的忍耐和克制。对长辈们来说，圣孩和受难耶稣的意象是千真万确的。但对大战后的青年人来说，这两种意象都没有什么意思。

我怀疑支持这场大战的新教会是否有信心、有力量向前迈几个大步，开始宣讲复活的耶稣。天主教倒可能会这样做。在地中海沿岸国家中，一直被视为最圣洁、最愉快、最神圣的日子是复活节，而不是圣诞节，耶稣诞生的日子。复活节，复活的耶稣，复活的上帝，对老信仰来说，这才是新的一年的开始。复活节的节目是最让人兴奋的，复活节的游行是最为壮观的，复活节的庆典是最辉煌灿烂的。在西西里，女人把种有玉米的盆子端进教堂，玉米的叶片又细又长，又嫩又绿，像一群群绿色的灯泡，神台上到处都是这样的绿叶。这就是阿多尼斯。这是再生的岁月。这是复活的耶稣。这是复活的上帝。在温暖的南方，在复活节那个星期天，一股巨大的喜悦充满人们的心房。人们感觉到它，到处都可以感觉到它。上帝复活了。在麦花和李花盛开的季节复活的上帝，被罪恶和嫉妒处死以后，又把温暖和仁慈投在大地上。

罗马天主教可能还会彻底展示耶稣受难的这部分内容，使人们再享快乐。因为复活的确是一切情感的极点。不只是天人合一——即通过参与上帝的牺牲而同基督融为一体，使耶稣的受难最终达到了极点。因为，即使在天人合一以后，人们还必须活下去，必须同这种形象一起向前走。一旦我们同基督共享一身，我们就可以在肉体内和他一起复活。而这，便是所有教派都看不清的。

基督在肉体中复活了！如果我们信教的话，就必须接受基督的整个形象。我们必须完整而客观地接受这种神秘。其实它不过是我们自己经验的形象。基督复活了，他从死尸中，从肉体中复活了，而不只是精神的复活。他以自己的手、脚站起来了，他整个身躯、手脚、嘴唇、肚子、生殖器都复活了。基督复活了，他整个肉体的身躯都复活了，什么也没漏掉。

基督的整个躯体都复活了！为什么而复活？正是在这一点上福音书讲得含糊其辞，支支吾吾，而各个教派则让我们东摸西闯。基督在肉体中复活，就是为了在地球上潜伏六个星期，然后被云层包裹着带上天堂去吗？肉体，坚实的肉体，男人的脚、肠、牙齿和眼睛，都会被云裹着带上去，再也不落下来了吗？

这是整个神话中唯一不对劲的地方。圣母的分娩，基督的洗礼、引诱、教诲，客西马尼园，犹大的背叛，十字架钉死，下葬，复活，所有这一切根据我们内心的经验都是真的，都是现在的男人或女人以不同的方式经历过的。但是，作为血肉之躯而飞上天空，并且不再落下来，却是我们的任何经验无法证实的。如果飞机把我们载上天，它还会把我们送下来，或摔下来。血肉之躯属于大地，只属于大地，这点我们清楚。

耶稣便是以血肉之躯复活的。他复活为人，注定要生活在地上。他还将面临最大的考验：作为一个人生活在地球上。在这以前，他一直是个圣孩，一个教诲者，一个救世主，但从来不是一个完完全全的人。而现在，他从死尸中复活，成了一个立足大地的人，将同其他男人一起，过世俗的生活，伟大的生活。这便是我们今天的内心境界。

这便是年轻人的形象：复活的上帝。教诲已结束，十字架受难亦成为过去；牺牲已经做了，拯救已经完成。现在要开始真正的生活了，在地球上过完整的生活，就像花朵度过它们整个一生，没有韵律，没有道理，只是灿烂地开放。

如果耶稣能在胜利的喜悦中复活成一个再生的、具有新的血肉之躯的人，其喜悦胜过那些犹太教牧师所宣传的机械的反生活教义，胜过罗马天主教的专制，也胜过普遍存在的对金钱的贪婪，胜过上帝自己的自我吸收，自我意识和自尊自大，成为一个充满胜利喜悦的自由人，血肉之躯的人，获得一种完整、最终的经验，甚至接受自己也会死亡的观点；最终成为一个完整、自由的血肉之躯，一个同死亡融为一体的人。那么，复活的他就能同生命溶合在一起，开始灵肉一体的伟大生活，就像牡丹和狗尾巴草以其低级的方式出现一样。

如果耶稣复活为一个完整的人，集灵肉于一身的人，那么，他就会娶一个女人，和她一起生活，知道同她在一起的温馨和甜美。在此之前，他一直局限于他一个人，或者说他的那个天地。

如果耶稣复活为一个血肉之躯，他就会知道女人的温柔，同女人在一起的乐趣，会和她一起生儿育女。他会知道什么是养孩子的责任和乐趣、期待和烦恼。

如果耶稣复活为一个完整的人，一个血肉之躯，那他就会结交朋友，或许会有一个比兄弟还亲的男友，对这位朋友，他有时会充满感情地拥抱，所以对他这么亲，纯粹是出于一种同情和理解。这比拥有信徒不知要奇妙多少倍！

如果耶稣复活成一个完整的人，他就会去分享世上的工作，这是他十分乐于做的。如果他还记得他的第一次生命，那就不会去说教，布道，而很可能再去当木匠，在刨花堆里快乐地工作。

如果耶稣复活为一个完整的人，他会继续同那些顽固透顶的世俗之辈作斗争，例如同那些罗马法官，那些犹太教的牧师和形形色色的贪钱之辈。但这一回，不再是那种以在十字架上受难而告终的自我牺牲，而是作为一个自由人，去保护生命的玫瑰不受那些蠢猪的践踏。这一回，如果撒旦又在荒野里试图引诱耶稣，复活的上帝会回答说：撒旦，你可笑的诱惑再也引诱不了我。多亏我的那种自尊自负已经死亡。不过，听我说几句吧，老伙计！你的名字是撒旦，是不是？或者，是叫财神？你是那已经获取了世上一切的自私的猪，是不是？好，听我说，老伙计，我现在准备把一切从你手上夺过来，你别担心，世界、权力、财产，我准备统统从你手上夺过来，撒旦、财神！管你叫的是什么名字。因为你不知道怎么使用他们。这大地以及它的完整是属于上帝的，它将要归属于他。

人从死亡中复活，已经学会不那么贪婪，那么自尊自大。我们把那些东西的大部分都留在墓冢里了。人复活了，超越了你，财神，他们是你复活的上帝。所以，你这个长着老鹰鼻子，闪光眼睛的丑八怪，浑身散发着金钱臭气的独裁者，应该滚出去了。人死而复活并非没有一点目的。你这老朽的耗子，你认为这世界应属于谁呢？这世界是上帝的，上帝把它给予那些死了却又有复活能力的人。这世界是给予那些死后复生的人。复活，你这个老强盗，你复活过吗？从来没有！所以，滚吧，把你的地盘交给那些复活的男人，那些复活的男人的女人。多少年了，男人被剥夺了完整的世界和世界的完整。而女人，长期以来则被迫沦为孱弱之辈，不值一分钱。这世界是上帝的，这世界的完整也是上帝的，我，复活的上帝，要来接管了。因为，如今我已是一个完整的人，完全摆脱了我的那种自尊自大。我想生活，真正地接触生活。财产、荣耀、荣誉、力量、权力，对已经死去、失掉自尊自大的我又有何意义？所以，我现在准备把它们统统从你那儿接过来，财神，因为我对它根本就无所谓。我准备毁掉你一切有价值的东西，财神。你所有的金钱价值，自满价值，我准备统统一扫而光。

因为，这世上唯有生命是美好的，而你，财神，却在那儿阻止生命。我喜欢观察松鼠在树上悄悄地窥视。而如果留给你的话，要不了多久，这些可爱的小生命就要绝迹了。我喜欢聆听男人独自唱歌，如果是首古老的、不太正统的小调，唱的是少男少女在一起的欢乐，那我更是乐不可支。而你，张着血盆大嘴的财神，却会逮住任何一个敢唱出这种歌的年轻人。我喜欢生活的运动，生命的美。啊，财神，因为我已复活，我是那么强烈地热爱生活中的美。比如说，那耧斗菜花在风中摇晃的美景；少女端坐在那儿沉思的姿势；或者，汉子在遭到狗的突然攻击而转身、踢脚时露出的狂怒——实在太妙了，那敏捷的转身，猛烈的一脚，然后在颤动的间歇中准备对付那狗的第二次攻击；甚至，那些喝醉酒的男人身上散发出来的略显愚蠢的光彩——这依然是一种闪光，美妙的闪光；或者，真正想跟我走，又迟疑不决的妇人投来的匆匆的一瞥；或者，我所看见的一位妇人在看到一个男子滑了一跤，扭伤了脚时表现出来的诚挚的同情心。生活、美，生活的美！而那些像你财神一样的反生活的一切：金钱，机器，卖淫，所有这些自尊自大、贪婪无比、自满自足的混合物，是你财神的附加品，我都恨之入骨。我恨它们，财神，我恨你，我要把你从地球上赶出去，财神，你这强盗，人类的死敌。

※ 燃烧的火

人处于开端和末日之间，创世者和被创造者之间。人介于这个世界和另一个世界的中途，既兼而有之，又超越各自。

人始终被往回拖，他不可能创造自己，任何时候也不可能。

他只能委身于创世主，屈从于创造一切未知。每时每刻，我们都像一种均衡的火焰被从根本的未知中释放出来。我们不能自我容纳，也不能自我完成，每时每刻我们都从未知中衍生出来。

这就是我们人类的最高真理。我们的一切知识基于这个根本的真理。我们是从基本的未知中衍生出来的。看我的手和脚：在这个已创造的宇宙中，我就止于这些肢体。但谁能看见我的内核，我的源泉，我从原始创造力中脱颖而出的内核和源泉？然而，每时每刻我在我心灵的烛芯上燃烧，纯洁而超然，就像那在蜡烛上闪耀的火苗，均衡而稳健，犹如肉体被点燃，燃烧于初始未知的冥冥黑暗与末日最后的黑暗之间。其间，是被创造和完成的一切物质。

我们像火焰一样，在两种黑暗之间闪烁，即开端的黑暗和末日的黑暗。我们从未知中出来，又归入未知。但是，对我们来说，开端并不是结束，两者是根本不同的。

我们的任务就是在两种未知之间如纯火一般燃烧。我们命中注定要在完美的世界，即纯创造的世界里得到满足。我们必须在完美的另一个超验的世界里诞生，在生与死的结合中达到尽善尽美。

※ 鸟啼

严寒持续了好几个星期，鸟儿很快地死去了。田间灌木篱下每一个地方，横陈着田凫、椋鸟、画眉、鹅，和数不清的腐鸟的血衣，鸟儿的肉已被隐秘的老饕吃净了。

尔后，突然间，一个清晨，变化出现了。风刮到了南方，海上飘来了温暖和慰藉。午后，太阳露出了几星光亮，鸽子开始不间断地缓慢而笨拙地咕咕叫。鸽子叫着，尽管带着劳作的声息，却仍像在受着冬天的日浴。不仅如此，整个的下午，它们都继续着这种声音，在平和的天空下，在冰霜从路面上完全融化之前。

晚上，风柔顺地吹着，但仍有零落的霜聚集在坚硬的土地上。之后是黄昏的日暮，从河床的蔷薇棘丛中，开始传出野鸟微弱的啼鸣。

这在严寒的静穆之后，令人惊慌，甚至使人骇异了。当大地还散布着厚厚的一层支离的鸟尸之时，它们怎么会突然歌唱起来？从夜色中浮起的隐约而清越的声音，使人的灵魂骤变，几乎充满了恐惧。当大地仍在束缚中时，那小小的清越之声怎么能在这样柔弱的空气中，这么流畅地呼吸复苏呢？但鸟儿却继续着它们的啼鸣，虽然含糊，若断若续，却把明快而萌发的声音之线抛入了苍穹。

几乎是一种痛苦，这么快发现了新的世界。万物已死。让万物永生！但是鸟儿甚至略去了这宣言的第一句话，它们啼叫的只是微弱的、盲目的、丰美的生活！

那是另一个世界的。冬天离去了。一个新的春天的世界。田地间响起斑鸠的叫声。但它的肉体却在这突然的变幻中萎缩了。诚然，这叫声还显得匆促，泥土仍冻着，地上仍零散着鸟翼的残骸！但我们无可选择。

在不能进入的荆棘丛底，每一个夜晚以及每一个清晨，都会闪动出一声鸟儿的啼鸣。

它从哪儿来呀，那歌声？在这么长的严酷之后，它们怎么会这么快复生？但它活泼，像井源，像泉源，从那里，春天慢慢滴落又喷涌而出。新生活在它们喉中凝炼成悦耳的声音。它开辟了银色的通道，为着新鲜的夏日，一路潺潺而行。

所有的日子里，当大地受窒，受扼，冬天抑制一切时，深埋着的春天的微型机一片寂寞。他们只等着旧秩序沉重的阻碍退去，在冰消雪化时降服，然后就是他们了，顷刻间现出银光闪烁的王国。在毁灭一切的冬天巨浪之下，伏着的是宝贵的百花争艳的潜力。有一天，黑色的浪潮定会精力耗尽，缓缓后移。番红花就会突然间显现，在后方胜利地摇曳，于是我们知道，规律变了，这是一个新的朝代，喊出了一个崭新的生活！生活！

不必再注视那些暴露四野的破碎的鸟尸，也无需再回忆严寒中沉闷的响雷，以及重压在我们身上的酷冷。

不管我们情愿与否，那一切是统统过去了，选择不由我们。如果情愿，寒冷和消极还要在心中再驻留一刻，但冬天走开了，不管怎样，日落时我们的心会放出歌声。

即使当我们凝注那些散落遍地、尸身不整的鸟儿腐烂而可怕的景象，屋外也会飘来一阵鸽子的咕咕声，灌木丛中出现了微弱的啼鸣，变幻成幽微的光。无论如何，我们站着、端详着那些破碎不堪的毁灭了的生命，我们是在注视着冬天疲倦而残缺不全的队伍从眼前撤退。我们耳中充塞的，是新生的造物清明而生动的号音，那造物从身后追赶上来，我们听到了鸽子发出的轻柔而欢快的隆隆鼓声。

或许我们不能选择世界。我们不能为自己作任何选择。我们用眼睛跟随极端的严冬那沾满血迹的骇人的行列，直到它走过去。我们不能抑制春天。我们不能使鸟儿悄然，不能阻止大野鸽的沸腾。我们不能滞留美好世界中丰饶的创造，不让它们聚集，不许它们取代我们自己。无论我们情愿与否，月桂树就要飘出花香，绵羊就要站立舞蹈，白屈菜就要遍地闪烁，那就是新的天堂和新的大地。

它就在我们中间，又不将我们包容。那些强者或许要跟随冬天的行列从大地上隐遁。但我们一些人，我们是毫无选择的，春天来到我们中间，银色的泉流在心底奔涌，那是喜悦，我们禁不住。在这一时刻，我们将这喜悦接受了！变化的初日，啼唱起一首不凡又短暂的颂歌，一个在不觉中与自己争论的片断。这是极度的苦难所禁不住的，是无数残损的死亡所禁不住的。

这样一个漫长的冬天，冰霜昨天才裂开。但看上去，我们已把它全然忘记了。它奇异地远离了，像远去的黑暗。不真实，像深夜的梦。新世界的光芒摇曳在心中，跃动在身边。我们知道过去的是冬天，漫长、可怖。我们知道大地被窒息、被残害，我们知道生命的肉体被撕裂，又零落遍地。但这些追忆来的知识是什么？那是不关我们的，那是不关我们现在如何的。我们是什么，什么看上去是我们时常的样子，正是这纯粹的造物胎动时美好而透明的原形。所有的毁害和撕裂，啊，是的，过去曾降在我们身上，曾团团围住我们。它像高空中的一阵风暴，一阵浓雾，或一阵倾盆大雨。它缠在我们周身，像蝙蝠绕进我们的头发，逼得我们发疯。但它永远不是我们最深处真正的自我。内心中，我们是分裂的；我们是这样，就是这样银色晶莹的泉流，先前是安静的，此时却跌宕而起，注入盛开的花朵。

生命和死亡全不相容，多奇怪。死时，生便不存在。皆是死亡，一场势不可挡的洪水。继而，一股新的浪头涌起，便全是生命，便是银色的极乐的源泉。非此即彼。我们是为着生的，或是为着死的，非此即彼。

在本质上绝不可能兼得。

死亡攫住了我们，一切残断，转入黑暗。生命复生，我们便变成水溪下微弱但美丽的喷泉，朝向鲜花奔去，一切和一切均不能两立。这周身银色斑点、炽烈而可爱的画眉，在荆棘丛中平静地发出它第一声啼鸣。

怎能把它和那些在树丛外血肉模糊、羽毛纷乱的画眉残骸联系在一起呢？没有联系的。说到此，便不能言及彼。当此是时，彼便不是。在死亡的王国里，不会有清越的歌声。但有生，便不会有死。除去银色的愉悦，没有任何死亡能美化另外的世界。

黑鸟不能停止它的歌唱，鸽子也一样。他全身心地投入了，尽管他的同类昨天才被全部毁灭。他不能哀伤，不能静默，不能追随死亡。死不是他的，因为生要他留住。死去的，应该埋葬了他们的死。生命现在占据了他，摇荡他到新的天堂，新的昊天，在那里，他要禁不住放声高唱，像是从来就这般炽烈。既然他此时是被完全抛入了新生活，那么那些没有越过生死界限的，它们的过去又有什么呢？

从他的歌声，听得见这场变迁的第一阵爆发和变化无常。从死亡的控制下向新生命迁移，按它奇异的轮回，仍是死亡向死亡的迁移，令人惶惑的抗争。但只需一秒钟，画这样的弧线，从一种状态进入另一种，从死亡的钳制到新生的解放。在这一瞬间，他是疑惑的王国，在新创造之中唱歌。

鸟儿没有退缩。他不沉湎于他的死，和已死的同类。没有死亡，已死的早已埋葬了他们的死。他被抛入两个世界的隙罅中，虽然惊恐，却还是高举起翅膀，发现自己充满了生命的欲望。

我们被举起，被丢入崭新的开始。在心底，泉源在涌动，激励着我们前行。谁能阻挠到来的生命冲动呢？

它从陌生地来，降临在我们身上，我们应该小心越过那从天堂吹来的恍惚的、清新的风，巡视，就像做着从死到生无理性迁徙的鸟儿一样。

（于晓丹 译）

※ 夜莺

塔斯卡尼处处有夜莺。在春季和夏季，除了午夜和日中，它们终日歌唱。在树繁叶茂的小树林里，树木像铁线蕨垂挂在岩石上那样悬在山边，溪旁，大约清晨四点，你就能听到夜莺在那里，在苍白的晨曦中重新开始歌唱："您好！您好！您好！"夜莺的歌声，是世界上最欢快的声音。因为这声音无比欢快，光辉灿烂，蕴藏着巨大的力量，所以每次听到它，都会感到惊奇，使人异常激动。

"夜莺开始歌唱了。"你会自言自语地说。它在拂晓前歌唱，那时星星好像正由矮小的灌木丛冲上广阔无垠的朦胧夜空之中，然后隐藏起来，随即消失了。但日出之后，歌声继续回响，而你每次重新惊异地侧耳倾听时，总是想不通。

"为什么人们说它是一种悲伤的鸟类呢？"

它是整个鸟类王国里最吵闹、最不体谅别人、最任性和最活泼的鸟。对任何了解夜莺的歌唱的人来说，都无法弄清约翰·济慈为什么用"我的心儿痛，瞌睡麻木折磨"来开始他的《夜莺颂》。你听到夜莺银铃般地高叫："什么？什么？什么，济慈？心儿痛，瞌睡麻木折磨？特拉——拉——拉！特哩——哩——哩哩哩哩哩哩哩哩！"

而为什么希腊人说他，或她，是在树丛中为失去的爱偶伤心哭泣，我也不得而知中世纪的作家用"唧——唧——唧！"表示夜莺喉咙里迅如闪电似的滚动。这是一种野性的、饱满的声音，比孔雀尾巴上的翎斑更加鲜艳多彩：

> 那光鲜的褐色夜莺是那样多情，
>
> 为了伊堤罗斯而停了一半歌声。

他们用"唧！唧！唧！"来说明她正在啜泣。至于他们怎么会听到那种声音的，那简直是个谜。除非是耳朵倒长的人，否则人们什么时候会听到夜莺"啜泣"，真是莫名其妙。

不管怎样，它是一种雄性的叫声，一种十分强烈、没有掺杂的雄性叫声。是纯粹的断言。没有丝毫暗示的影子，也不是空虚的回声。根本不像空洞的、声音低沉的钟声。绝无什么孤寂可言。

也许，正因为如此，济慈才即刻感到了孤寂。

孤寂！这两字犹如一声晨钟把我敲回到自己立脚的地方！

也许原因就在这儿：夜莺歌唱时，为什么每一个忠于上帝、侧耳倾听的人听到的都是小天使们银铃般的叫声，而他们却听到树丛中的啜泣？也许正是因为人与人之间存在差异的缘故吧。

因为，事实上，夜莺的歌唱具有清脆、感人的活泼，具有使人驻足伫立的质朴的自信。这是一种神采洋溢的叫声，一种熠熠生辉的交织呼唤，恰如创造世界的第一天，天使们突然发现自己被制造出来时情不自禁地发出的叫喊声。之后，在天堂的灌木丛里，天使们准有一番喧嚷："哈啰！哈啰！你瞧！

你瞧！你瞧！这就是我！这就是我！多么神——神——神奇的事情！啊！"

为了享受"嗨！这就是我！"这歌唱似的断言的纯洁美，你必须侧耳倾听夜莺的歌声。也许，为了在视觉上完美地享受同样的断言，你会瞧一眼正在抖动自己全部翎斑的孔雀。在所有创造完美的造物之中，这两种也许是最完美的；一种是无形的、喜悦的声音，另一种是无声却看得见的东西。虽然夜莺具有内在的生气勃勃，使人感到一种亲切、跳跃的神秘感，但如果你确实看到它，它不过是一只貌不惊人的灰褐色小鸟。

这好比孔雀，真要发出声音时，确实难听至极，但它仍给人以深刻印象：从恐怖的热带丛林中传出的非常可怕的叫声。实际上你可以在锡兰看到孔雀在高高的树枝上叫嚷，按着展翅掠过猴群，飞进那沸腾的、黑暗的、深不可测的热带森林里。

也许由于这个缘故——喜爱天使或喜爱魔鬼的纯粹真实自我断言——夜莺使某些人感到悲伤。而孔雀往往使这些人愤怒。这是包含一半妒忌的悲伤。造物主把夜莺造得那么明确欢快，富有、光明的上帝之手赐予它永久的新意和完美。夜莺因自己的完美而啾啾欢唱。孔雀则蛮有把握地抬起它所有的青铜色和紫红声的翎斑。

这——这小小完美的造物之作的啾啾断言——这显示鸟类无瑕之美的绿色闪光——根据它在视觉或听觉上所给人的不同印象，使人感到愤怒或孤寂。

听觉远不如视觉狡诈。你可以对人说："我非常喜欢你，今天早晨你看上去真美。"虽然你的声带可能出自不共戴天的仇恨而在震动，但她会深信不疑。

听觉十分愚蠢，它会接受任何数量的语言假币。但是，若让一丝仇恨之光进入你的眼睛或掠过你的脸庞，它立刻就会被察觉。视觉既精明又迅如闪电。

由于这个缘故，我们马上会发觉孔雀一切炫人的、雄赳赳的自信；并且不无轻蔑地说："漂亮羽毛能打扮出个好外表。"但当我们听到夜莺的声音，我们不知道自己听到了什么，只知自己感到悲伤、孤寂。所以我们说悲伤的是夜莺。

让我们重复一遍，夜莺是世界上最不悲伤的东西；甚至比深身发光的孔雀更不知悲的。它没有什么可悲伤的。它知足常乐。它并不自负。它只是感到生活美满，鸣啭表白——喊叫，"唧唧"作响，吃吃发笑，颤声啾啾，发出长长的、嘲弄原告的呼叫，进行表白，断言和欢呼；但他从不叽呱学舌。他的声音是纯粹的音乐，只要你不往里填词的话。但夜莺的歌在我们心中激起的感情是可以用语言表达的。不，这也不是事实。听到夜莺歌唱时，一个人的感情是无法用语言形容的。这种感情远比语言纯洁得多，所有的语言都已被污染。然而我们可以说，它是一种人生美满的欢快之情。

> 这并非妒忌你的幸运，
> 而是你的幸福使我太欢欣——
> 因你呀，轻翼的树神，
> 在长满绿榉，
> 音韵悦耳、无数阴影的地方，
> 引吭高歌，赞颂美夏。

可怜的济慈，夜莺欢欣他只好"太欢欣"，自己内心根本不快乐。所以他想要饮用使人害臊的灵泉，和夜莺一起归隐到阴郁的森林中。

> 远远地隐没，消散，完全忘却
> 你在树叶间从未知道的事情，
> 忘却疲倦，狂热和恼恨……

这是男性人类十分悲伤、美丽的诗句。不过下面一行却令我感到有点滑稽可笑。

> 人们坐在这里听着彼此的悲叹；
> 瘫痪的老人抖落几根愁切的仅存的白发……

这是济慈，根本不是夜莺。但这位悲伤的男性仍然试图离开人世，进入夜莺的世界。葡萄美酒不会把他带去。然而，他还是要去的。

> 去呀！去呀！我要飞往你处，
>
> 不乘酒神和他群豹所驾的仙车，
>
> 却靠诗神无形的翼翅……

不过，他没有成功。诗神无形的翼翅没把他带进夜莺的世界，只把他带进灌木丛里。他还留在外面。

> 我暗中倾听；唉，有好多次
>
> 我差点爱上了安闲的死神……

除非运用对比，夜莺从未使哪个人爱上安闲的死神。这是夜莺绝对纯洁的自我陶醉的明亮火焰与济慈渴望忘记自我，永远渴望超越自我的惶恐的思想火花之间的对比：

> 在半夜毫无痛苦地死去，
>
> 你却如此狂喜地尽情
>
> 倾吐你的肺腑之言！
>
> 你将唱下去，我的耳朵却不管用，
>
> 听不到你的安魂曲，像泥块一样。

如果能使夜莺明白诗人在怎样答复它的歌唱，夜莺会感到十分惊奇。它将会因惊讶而从枝头上跌下来。

因为当你回答夜莺时，它只会叫得更欢，唱得更响。假设在邻近的灌木丛里另有几只夜莺随声附和——它们总是如此——那么，这蓝白色的声音火花便会直冲云霄。假设你，一个凡夫俗子，碰巧坐在浓阴遮蔽的河岸上跟你心爱的女子热烈地争辩着，为首的那只夜莺会像第三幕中的卡鲁索那样越唱越响——简直是一阵卓越的、突然爆发的狂热音乐，把你压倒，直至你根本听不到自己说话、吵架的声音。

事实上，卡鲁索颇具夜莺的特征——唱歌时像鸟一样突然爆发出神奇的活力，表现出充实和悠然自得。

你并不是为死而生的，不朽的神鸟！

饥馑的年代不会糟蹋你；

不管怎样，在塔斯卡尼还不至于如此。夜莺们总是刺刺不休。而布谷鸟却显得遥远，声音低沉，低低地、并遮半掩地叫着拍翅而过。也许英格兰的情况真的与众不同。

> 我在今晚听见的歌声
> 古代的君王乡民也听到过：
> 也许就是打动露丝悲哀的心房
> 那一首歌，那会儿她怀念故乡，
> 站在异国的麦田中泪滴千行；

为什么哭泣？总是哭泣。我感到奇怪，在帝王之中，狄奥克力第安听到夜莺的鸣啭时眼泪汪汪了吗？乡民中的伊索也是这样吗？而露丝真的泪滴千行？作为我，我很怀疑是这位年轻的女士逗得夜莺开始歌唱的，就像薄伽丘的故事中手捧着活泼的小鸟睡觉的可爱姑娘那样——"你的女儿像夜莺般活泼，她捧着只鸟儿在手中。"

当母夜莺轻轻地坐在鸟蛋上，听到它的老爷鸣啭歌唱时，它会怎么想呢？它大概很喜欢听，因为它照常洋洋得意地孵着它的蛋。它大概喜欢它的老爷的高谈阔论甚于诗人谦卑的呻吟：

> 如今死亡要比以往更壮丽，

在半夜毫无痛苦地死去……

对母夜莺来说，这可没有什么用处。人们要用济慈的范妮感到惋惜，也理解她为什么一无所有。这般美妙的夜晚本应给她带来多少乐趣！

也许，说来说去，如果雄夜莺无论痛苦与否，半夜里不想停止歌唱，母鸟就可得到更多的生活乐趣。深夜的用处更大。一只让母鸟独自去抱蛋，自己只管尽情高歌的雄鸟，或许比一只悲叹呻吟的鸟更合母鸟的意，即使它的呻吟是表示对它的爱恋。

当然，夜莺歌唱时完全没有意识到小小的、无光泽的母鸟的存在。它也从来不提它的名字。但它清楚地知道，这歌的一半是它的；就像它知道那些蛋一半是它的一样。就像它不要它进来踩踏它的那窝蛋一样，它也不要它加入它的歌唱，唠唠叨叨，不成腔调。男人、女人，各司其职：

再会！再会！你凄切的颂歌
消失……

它从来不是凄切的颂歌——它是踌躇满志的卡鲁索。但何必跟一位诗人争辩呢。

（姚暨荣 译）

加布里埃拉·米斯特拉尔（1889—1957），
智利著名女诗人，被誉为"拉丁美洲的理想的象征"。
主要作品有《绝望》《柔情》《母亲的诗》《葡萄压榨机》等，
1945年获诺贝尔文学奖，是拉丁美洲获得诺贝尔奖金的第一人。

※ 死的十四行诗

一

人们把你放进阴冷的壁龛，

我把你挪到阳光和煦的地面。

人们不知道我要躺在泥土里，

也不知道我们将共枕同眠。像母亲对熟睡的孩子一样深情，

THE MASTER'S INTELLIGENT SERIES

我把你安放在日光照耀的地上，

土地接纳你这苦孩子的躯体

准会变得摇篮那般温存。我要撒下泥土和玫瑰花瓣，

月亮的薄雾缥缈碧蓝

将把轻灵的骸骨禁锢。带着美妙的报复心情，我歌唱着离去，

没有哪个女人能插手这隐秘的角落同我争夺你的骸骨！

二

有一天，这种厌倦变得更难忍受，

灵魂对躯体说，它不愿背着包袱

随着活得很满意的人们

在玫瑰色的道路上继续行走。你会觉得身边有人在使劲挖掘

另一个沉睡的女人来到静寂的领域。

待到我被埋得严严实实……

我们就可以絮絮细语，直到永远！只在那个时候你才明白，

你的肉体还不该来到深邃的墓穴，

尽管并不疲倦，你得下来睡眠。命运的阴暗境界将会豁然明亮，

你知道我们的盟约带有星辰的印记，

山盟海誓既然毁损，你就已经死定……

1915年

（王永年 译）

伊瓦什凯维奇

雅罗斯拉夫·伊瓦什凯维奇（1894—1980），波兰诗人、小说家、剧作家。

主要作品有诗集《白天的书和黑夜的书》《回到欧洲》《1932年的夏天》《另外的生活》

《奥林匹克颂》；剧本《诺昂之夏》《假面舞会》；

长篇小说《名望与光荣》《红色的盾牌》；

中短篇小说集《新的爱情及其他短篇小说》《老砖瓦厂》《意大利短篇小说》

《菖蒲及其他短篇小说》《关于猫、狗和鹰鬼》等写的较为成功。

※ 人的生命从四十岁开始

当你告别"而立"之年，并年复一年地向"不惑之年"逼近时，也许偶尔会有一丝"老之将至"的淡淡惆怅涌上心头吧？

是呵，童年时捉迷藏的情景还记忆犹新，少年时各种稀奇古怪的念头仿佛还未消失尽，这一切与自己的年龄竟已相距很远了，怎能不令人感慨！

"我都快四十岁啦！"你常常对那些认为你还很年轻的人们这么说。然而，你是否同时也已意识到，中年人所拥有的一切，也是令人羡慕不已的呵！

由于你正值中年，很幸运地一边享受着父母乃至祖父母的舐犊之爱，同时自身又体会了做丈夫和父亲或做妻子和母亲的甘苦；而成年后的手足之情，在剔除了孩提时种种无谓的争吵后，更显得那么温暖纯真……这一切，让你懂得了许多有关爱的真理。年少时对爱，只期冀得到，却极少想到付出，而爱，更需要的是付出，否则，就只能说是依赖，而不是爱。另外，在体会了做父母的辛劳之后，你会更爱你的父亲和母亲。人人都是父母，人人又都是儿女，就凭这点，你会越来越相信，哪怕是最蛮横最强硬不过的人，也渴望着得到关注、了解和爱。所以，你再也不会像年少时那样，为了一点点小小的委屈而痛哭流涕，喋喋不休地责怪、抱怨别人。因为你明白，谁都会做错事。你学会了对人宽容、谦让和友爱。

人到中年，一般来说不会再去无谓地追求华而不实的外部形式了。因为你越来越看清了，一个人的美，其五官的位置只占其中的百分之十。其实，岂止人，宇宙间的一切事物，其内在都比外部要丰富得多！明白了内涵的重要意义，你就不会再像年轻时那样，把一切时髦的东西像标签一样贴满自己全身，徒然花费很多时间于自己的外表，而开始力求充实自己内在的气质、修养和知识的不断更新。

人到中年，对自己认识得更透彻，更全面了，不仅知道什么发型和颜色最适合自己，而且也找到了生活中最适合自己、能使自己最大限度放射出全部能量的位置。你的工作从没像现在这样得心应手，遇到难题你也不再惊慌，而能稳稳当当地设法解决它。因为，你已有了十多年的工作经验，如果你在青少年时期，一直在为塑造一个完善的自我而摸索探求，那么现在你已完成了设计草图的第一道工序，下一步该是最令人神往的工序——上颜色！也许十岁以前你仅懂得一切是为了做给爸爸、妈妈和老师看的；三十岁以前你开始认识到要为你自己负责；而四十岁的你，看着正在成长的小辈和已开始领退休金的父母，一定会切切实实地感到应该对社会负责了，有了一种高尚的责任感。

诚然，秋天离冬天不远了，但它却是个收获的季节。中年的确有着许多它特定的烦恼，但它带给人们的喜悦远远多于忧愁。假如用一座拱形大桥来比喻人的一生，那么中年，正值这座拱桥的最高点。

所以，中年朋友们，你还有什么未遂的心愿、未施行的计划吗？那就切莫迟疑，赶快抓住中年这个闪光的年轮吧！有一句谚语说得好："人的生命从四十岁开始。"

※ 草莓

时值九月，但夏意正浓。天气反常地暖和，树上也见不到一片黄叶。葱茏茂密的枝杈之间，也许个别地方略见疏落，也许这儿或那儿有一片叶子颜色稍淡；但它并不起眼，不去仔细寻找便难以发现。天空像蓝宝石一样晶莹璀璨，挺拔的槲树生意盎然，充满了对未来的信念。农村到处是欢歌笑语。秋收已顺利结束，挖土豆的季节正碰上艳阳天。地里新翻的玫瑰红土块，有如一堆堆深色的珠子，又如野果一般的娇艳。我们许多人一起去散步，兴味酣然。自从我们五月来到乡下以来，一切基本上都没有变，依然是那碧绿的树，湛蓝的天，欢快的心田。

我们漫步田野。在林间草地上我意外地发现了一颗晚熟的硕大草莓。我把它含在嘴里，它是那样的香，那样的甜，真是一种稀世的佳品！它那沁人心脾的气味，在我的嘴角唇边久久地不曾消逝。这香甜把我的思绪引向了六月，那是草莓最盛的时光。

此刻我才察觉到早已不是六月。每一月，每一周，甚至每一天都有它自己独特的色调。我以为一切都没有变，其实只不过是一种幻觉！草莓的香味形象地使我想起，几个月前跟眼下是多么不一般。那时，树木是另一种模样，我们的欢笑是另一番滋味，太阳和天空也不同于今天。就连空气也不一样，因为那时送来的是六月芬芳。而今已是九月，这一点无论如何也不能隐瞒。树木是绿的，但只需吹第一阵寒风，顷刻之间就会枯黄；天空是蔚蓝的，但不久就会变得灰惨惨；鸟儿尚没有飞走，只不过是由于天气异常的温暖。空气中已弥漫着一股秋的气息，这是翻耕了的土地、马铃薯和向日葵散发出的芳香。还有一会儿，还有一天，也许两天……

我们常以自己还是妙龄十八的青年，还像那时一样戴着桃色眼镜观察世界，还有着同那时一样的爱好，一样的思想，一样的情感。一切都没有发生任何的突变。简而言之，一切都如花似锦，韶华灿烂。大凡已成为我们的禀赋的东西都经得起各种变化和时间的考验。

但是，只须重读一下青年时代的书信，我们就会相信，这种想法是何其荒诞。从信的字里行间飘散出的青春时代呼吸的空气，与今天我们呼吸的已大不一般。直到那时我们才察觉我们度过的每一天时光，都赋予我们不同的色彩和形态。每日朝霞变幻，越来越深刻地改变着我们的心性和容颜；似水流年，彻底再造了我们的思想和情感。有所剥夺，也有所增添。当然，今天我们还很年轻—但只不过是"还很年轻"！还有许多的事情在前面等着我们去办。激动不安、若明若暗的青春岁月之后，到来的是成年期成熟的思虑，是从容不迫的有节奏的生活，是日益丰富的经验，是一座内心的信仰和理性的大厦的落成。

然而，六月的气息已经一去不返了。它虽然曾经使我们惴惴不安，却浸透了一种不可取代的香味，真正的六月草莓的那种妙龄十八的馨香。

（韩逸 译）

米斯特拉尔

加布里埃拉·米斯特拉尔（1889—1957），智利著名女诗人。

主要作品有《绝望》《柔情》《母亲的诗》《葡萄压榨机》等，1945年获诺贝尔文学奖。

※ 歌声

　　一位妇女在山谷唱歌，掠过的阴影将她遮挡，但那歌声使她挺立在田野上。

　　她的心破碎了，就像今天傍晚她在小溪的卵石上摔碎的水罐一样。然而她还在唱，从那隐秘的创口透出的一缕歌声，变得更纤细，更强劲。在悠扬的曲调中，那歌声被鲜血沾湿了。

　　为着每天都有人死去，田野里其他声音都已沉寂。刚才，连那只落在最后的小鸟的啼啭也听不到了。她那不会死去的心，那为痛苦而活着的心，汇拢了一切已经沉寂的声音，现在她的歌声虽已变得高亢，但始终是甜美的。

她是在为她丈夫歌唱？暮色中丈夫正默默地望着她。或者，她唱歌是为了孩子？孩子是那么迷人，使她减轻痛苦；或者，她只是为自己的心歌唱？她的心比黄昏时分孤独的孩子更加无依无靠。

这歌声使正在降临的夜晚变得慈爱，群星带着人间的甜蜜在闪烁，布满星星的天空变得通晓人情，理解大地的痛苦。

田野纯净得像月光下的水面，平原抹去那不高尚的白天的浊气，白日里人们互相憎恨。那妇人仍然在歌唱，歌声从咽喉中飞出，越过变得高尚的白天、朝着群星飞升！

（白凤森 译）

瓦扬·古久里

保尔·瓦扬—古久里（1892—1937），法国作家，工人运动活动家。法国共产党中央委员。主要作品有：诗集《牧人的访问》《红色十三场》，剧本《三个新兵》，散文集《我们要使旭日东升》，小说《休假》等。

大师谈思想

101

※ 一只苍蝇被压死了

1933年11月29日，星期三上海又多了一个黄包车夫。阿徐是一个江北人，扬子江岸对岸的人。在上海人嘴里，江北人是一个轻蔑的称呼，因为这指的是穷人中的穷人。

阿徐本来是一个小私有者，家里有三亩地。他离开了家乡，因为不能够再靠他那块地生活下去。他抛弃了房子，卖掉剩下的家具，带着全家——老婆、一个儿子和一个女儿，来到了江南。上海大部分苦力，挑夫，拉夫，黄包车夫都是江北人。阿徐是这可怜的一群里边的新参加者。

一抬头，他存身在闸北那头，一条水沟旁的芦苇棚中，靠近一间茅屋，屋子里已经住着阿徐的一个乡亲。当他到上海的时候，身上只剩不到一块钱的零钱；245个铜板；而在上海，那时工作非常难找。

在那以前从来没有离开过农村的阿徐，是一个单纯的人，他的头脑很简单，不能够同时思考好几桩事情。如果他粜了他的好米以后去买自己吃的坏米，他很快地去买坏米；但是，如果他必须同时买祭祖用的红纸和蜡烛，他就做不到。他得先把米带回家，然后，想起了红纸，他买了红纸，带回家，再出去买蜡烛。这并不是因为他比别人笨些，只不过他没有文化，不会动脑筋。相反，他的身体很结实，肌肉鼓起。但是在乡下，这有什么用处呢？因为在他耕种的贫瘠的土地上，连付清租税的本钱都捞不回。

那时上海工厂因不景气而关门，码头的活动也停滞了，但是又必须要吃饭，他只好向邻居阿刘打听在城里有些什么活可以干。阿刘说："如果你愿意，我们两人合租一辆黄色车，分日夜两班轮流着拉。租车的事交给我去办。"

阿刘是一个很狡猾的人。他到一家曾经和他打过交道的小车行里，对老板说他要租一辆车，愿意出一块钱一天。他回来得意洋洋地把黄包车向阿徐炫耀，说："我花了一块二毛钱租了这部车子，今天晚上你交车的时候得给我六毛钱。"为了原谅自己，阿刘心里重复说："总得有一个人喝醋，另一个人揩油。"

他心里说的话，正是剥削黄包车夫的一连串的中间人的话。法租界或公共租界工部局里一个吃得开的人，一个红人，或者——为什么不呢？——一个医生，一个律师，一个银行家，一个妓院或赌场的老板，为了能够优先得到相当数量的比方说每月两块钱一张的黄包车执照，必须向一个有职位相当高的官员贿赂。买卖做成了。不用说，这是一个投机者，实际他连一辆车也没有，但是他和包车人是有联系的，那个人，预见到有利可图，以五十元一辆的价格买进六百辆车，然后以两块五毛的价钱立刻买下了一千张执照，又立刻把剩下的四百张执照以三块钱一张的价格转卖给一个只有二百五十辆车的老板。这人又把余的一百五十张执照以三块五毛的价格转卖给五辆，十辆或二十辆车的小老板。这样一来，执照到像阿徐那样以一块钱一天租车的拉车人手中，一连串的中间人已经在他们身上揩足了油。于是阿徐拉着黄包车走了。

阿徐以为拉车是很容易的。实际上绝不是这么回事。就像其他职业一样，这是一种需要学习的职业。这种"两条腿的马"，也和四条腿的真正的马一样，必须经过挽车的锻炼。常常，在锻炼过程中，一辆电车或汽车开过来，撞死了这种两条腿的马，使他的锻炼前功尽弃。应该知道怎样跑，并且尽量少喘气，这是有关肺和心脏的事。但是光知道跑还不行。应该会转弯，会计算车辆的距离，车把的长度，要会突然停住，或者在放慢脚步让一辆车过去而不需要完全止住自己的脚步。他还得学会上坡时压低车把，学会在停车处怎样挤在同伴中，他得认识单行线，警察手势的意义和指挥灯的一明一灭的颜色，最后他必须知道在街上向行人随便兜生意是禁止的，虽然大家都这么做，被抓住要罚五角钱。至于其他的事，比如说熟悉市区，这差不多是没用的。阿徐以为只要会跑，也能在大城市里拉车过活了。

阿徐走了，给老婆留下剩余的铜板的一半，去买米买菜。他先由北四川路向苏州河走。在那儿，假若不是忙着看街道，他是可以拉上个把主顾的。但是他老是害怕．怕那装满箱子或警察的大卡车，怕那装甲车或在他身旁疾驶如风的汽车，他不知道究竟应该往左瞧还是往右瞧，应该看吸引他的店铺呢还是威胁他的车辆。他只能一次想一件事。

这是春天里一个相当热的、时常有阵风和阵雨的夜晚，光瞧着他眼前的一切，阿徐已经紧张着汗流浃背了。有好几次，可能成为主顾的人受到阿徐强壮身体的吸引，向他走来。但不是他发现主顾太迟了，就是当他往主顾那儿走去时，敏捷的车夫赶过了他，已拉上主顾走了。

阿徐对苏州河很感兴趣，苏州河上有那么多的舢板和帆船，多少人在那儿生活、休息、工作、吃饭和消化，他不停地瞧着这情景，两手平放在举起的车把上，忘记了他在天亮前必须赚到六毛钱。

他可以这样在那儿停留很久，若不是一个从邮局里出来的人断然地拉下他的车把，踏上他的黄色车，说道："霞飞路，二十个铜板"，一面用扇子指着方向。阿徐说："好！"就往前跑。阿徐一点也不知道价钱多少，路程长短，也不知道霞飞路在哪儿，而霞飞路在上海的另一端，在法租界，有着两千多个门牌。

这正是街上最拥挤的时候，他拼着命，浑身用劲地跑上桥坡之后，又必须接着跑下坡，他极其困难地拉住他的车，他还不知道应该身子靠后，双脚跳跃来平衡座客的体重。当他想靠人行道来刹车时，他的车把差一点没把桥头值班的一个印度巡捕撞了。

1933年11月30日，星期四。主顾是一个胖胖的带金边眼镜，挺神气的中国人，不满地咕噜着。印度巡捕举起了棍子，其他的车夫看到这初出茅庐的家伙的笨拙样子，也毫不留情地嘲笑他。阿徐不作声，只感到他有力气，一心想好好地当一匹两腿的马，这就够他脑子忙的了。当他夹杂在一群黄包车和各种别的车辆中，越过大马路时，他对着那么多的声、光、人、电车、汽车心惊肉颤，他像匹受惊的野兽，往旁边躲闪，差些没把主顾掀翻，这一次，主顾发怒了。阿徐感到亏心，不开腔。听别的车夫叫嚷，他也学会了用"嗬！嗬！"的叫声来预作警告，他想赶过他们，因为他感到他是最强壮的。时而，主顾向前倾着身子，毫不客气地叫着他，用扇子给他指点该拐弯的方向。

阿徐淌着汗，跑着，既不回头也不问问是不是还远着。在霞飞路上，他跑，跑，跑过了吕班路，金神父路，迈尔西爱路，拉都路，杜美路。淌着汗，脑袋上的血脉在疾跳，脑膛像风箱一样起伏。到了巨福路口，主顾指着向左，出了租界停在斜士路上。

主顾在神气呆木和喘息不停的阿徐的手中丢下一叠铜板，耸耸肩走了。阿徐足足跑了三刻钟。他把铜板珍贵地放在皮腰带里。他的破衣服贴在身上。他想稍微休息一下，于是放下了车把，坐在车子的踏板上，但这时一阵狂风透过了汗湿淋淋的身体，使他从头至脚感到冰一般地冷。他觉得好寒冷好像在他胸中点起了一把火。接着，天又下雨了。阿徐很怕会迷失方向，淌着水走了，倾盆大雨打着他，他循着原路往回走……一条走不完的路。碰不到一个主顾。

他来到了亚尔培路，走过红色霓虹灯照亮的大旅馆，在跑狗场旁，那儿每天有几百辆黄包车等着在回力球场赌了输赢的人出来。突然阿徐被卷进一群旋风一样逃跑的车夫群中。飞快地跑着，也不知道是为了什么，他像一群惊慌失措的野兽中的一匹骏马，飞奔在最前面。这是法国巡捕高举着棍子在追赶黄包车夫，为了检查他们的执照，同时一心想用违反停车规章的名义找他们的岔子。

这一场真正的打猎由穿着法国巡捕制服的白俄领头，跟随着的是一群中国巡捕，有的步行，有的骑自行车。白俄妓女兴奋地瞧着热闹。在逃跑中，好几辆车翻倒了，巡捕拿走了坐垫，撕下执照号码。远远的，逃掉的车夫停下来瞧着。半打左右的车夫谨慎地钻进了杜美路，从那儿，就到了公共租界，阿徐和他们在一起。

夜已经深了，而阿徐才拉了一个客人。他上下透湿，全身寒颤。爱多亚路上的一群外国兵中，一个喝得烂醉的兵士高声叫嚷，他坐上阿徐的车，用莫名其妙的话对他演讲，阿徐还没有足够的经验知道拉一个白人是意外的好运，因为白人差不多每趟总是给一个小银币，但是阿徐很怕他的红脸主顾，他和旁的车上酒醉了的兵士笑谑着，这些车夫也不懂他们的话。外国兵骂着，用藤鞭轻轻地在阿徐的臂膀，胁骨和屁股上抽打指路。阿徐驯顺地听从着，感到自己作为两条腿的马还不够熟练，他还勉强回过头来，干笑着。

主顾下了车，他给了阿徐一枚小银币，阿徐很高兴……但是别的车夫，还争论着，跟在那些兵士后面跑。查理士敦这个专做水兵生意的夜总会门前的印度巡捕用棍子吓唬他们，甚至拿走了其中一辆车子的坐垫，还要索五角钱来赎回。

"你难道不会向那些外国人多要钱吗？他们不知道我们工作的真正价值……"一个车夫对阿徐这样说（一个不停咳嗽着的车夫，左边贴着一大块中国膏药），"应该向他们多要钱，比他们给的还要多。"

但是，阿徐和这个车夫两人都不知道在这句话中已显露出阶级的第一道微光。当然车夫只看到可以向外国人多要点钱，在外国人的面前，他的劳动还算有些价值。就应该向他们多要钱。黄包车夫模糊地感到，他的劳动应当得到的代价是银元而不是铜板。

阿徐走着。夜也在向前进。夜总会渐渐散了。而阿徐还只拉了两趟车，差不多还没赚到他应该付给阿刘的钱的一半，他跟在别的车子后面，走过了外滩，在百老汇和四川路一带游荡着，没拉到一个客人。他饿了，但不敢用他的铜板向衣衫褴褛的儿童小贩们买一块糕，在"黑猫"夜总会旁边，他看到一些车夫在抽签赌钱。于是，他想他可能会赢。他玩了一把，赢了；再玩一把，输了；再玩，又输了；再玩，那酒醉的外国兵给的一角钱全输光了。他再玩一把，又赢了。后来又把他卖家具剩下的铜板也输掉了。

这时从"维纳斯"总会出来了一个美丽的，但被跳舞和卖淫弄得筋疲力尽的朝鲜妓女，她拍阿徐的肩膀，指给他一个方向。不然的话，阿徐还会赌下去。于是他离开了那儿……突然在他脑子里，他体会到他的损失多大……没钱给阿刘，明天的买米钱也输掉了。老婆和两个小孩将要挨饿。只剩下三个小时来赚回这一切了，他怎么也得找到些主顾，五个，十个。两条腿的马又拉起了车，半睡不醒的朝鲜妓女咒骂他，他也听不见。他跑，跑，为追求买米的钱而奔跑。突然，在一条街的拐角上发出很大的亮光，铁件，木头，玻璃……的破裂声。朝鲜妓女惊叫着逃跑了……阿徐，脑浆迸裂，在一辆巡逻的日本装甲车底下，僵硬地躺着。

如果不发生这件事，阿徐可能还会活着拉五年车。平均计算一个人可以拉五年车，到那时就该累死了。有的拉两年，或者十年。而阿徐呢，只拉了一夜。于是上海少了一个黄包车夫。

福克纳

威廉·卡斯伯特·福克纳（1897—1962），美国小说家，
是西方现代主义文学最有影响的作家之一，第一次世界大战期间曾在加拿大空军服役。
战后从事写作。《喧哗与骚动》《押沙龙》和《熊》等都是他的长篇名作。
其他如《村子》《小镇》《大宅》等都是晚期佳作。

大
师
谈
思
想

107

※ 在卡洛琳·巴尔大妈葬仪上的演说词

从我出生时起卡洛琳就认得我。为她送终对我来说是一种特殊的光荣。我父亲死后，在大妈眼里我成了一家之主，对于这个家庭，她献出了半个世纪的忠诚与热爱。不过，我们之间的关系从来也不是主仆间的关系。直到今天，她仍然是我最早的记忆的一部分，不仅是作为一个人，而且是作为我行为准则和我物质福利可靠性的一个源泉，也是积极、持久的感情与爱的一个源泉。她也是正直行为

的一个积极、持久的准则。从她那里，我学会了说真话、不浪费、体贴弱者、尊敬长者。我见到了一种对一个不属于她的家庭的忠诚，对并非她亲生的子女的深情与挚爱。

　　她生下来就处在受奴役的状态中，她皮肤黑，最初进入成年时她是在她诞生地的黑暗、悲惨的历史阶段中度过的。她经历过盛衰变嬗，可这些都不是她造成的；她体会到忧虑与哀伤，其实这些甚至都还不是她自己的忧虑与哀伤。别人为此付给她工钱，可是能够付给她的也仅仅是钱而已。何况她得到的从来就不多，因此她一生可以说是身无长物。可是连这一点她也默默地接受了下来，既没有异议也没有算计和怨言，正因为不考虑这一切，她赢得了她奉献出忠诚与挚爱的一家人的感激和敬爱，也获得了热爱她、失去她的异族人的哀悼与痛惜。

　　如果世界上真有天堂，她一定已经去到那里了。

1940年2月于密西西比州奥克斯福镇

（李文俊　译）

阿莱桑德雷

维·阿莱桑德雷·梅洛（1898—1984），西班牙诗人，
主要作品有《如唇之剑》《天堂的影子》《孤独的世界》《在一个辽阔的领域里》
《终极的诗》等。1977年获诺贝尔文学奖。

※ 老人和太阳

他已经活了很久。

他靠在那里，老态龙钟，靠着一根树干，一根极粗的树干，在迟暮，在夕阳下山的时候。

那时刻，我正好路过，便停下脚步，把他端详。他老了，满脸皱纹，那双眼睛暗淡甚于忧伤。他靠着树干，阳光先朝他移来，轻轻吞噬着他的双脚。

在那儿，他蜷缩着，停留了片刻。然后上升，把他沉浸，把他淹没，缓缓地从他那儿移开，把他和自己的美丽光芒合成一体。

啊，年老的生命，年老的存在，他在溶解！

整个的火，悲哀的历史，皱纹的残余，受侵蚀的皮肤的痛苦，正怎样地啃啮自己，毁掉自己！像毁灭性洪流中的一块岩石正在渐渐销蚀。向最响亮的爱屈服。老人就这样，在那静寂之中，慢慢消失，慢慢退隐。我目睹着强大的太阳怀着深深的爱恋慢慢把他吞下，叫他长眠。

就这样，一点一点把他带走，就这样在自己的光芒中一点一点把他溶解。

像一个妈妈把自己的孩子温柔地重又抱在怀中。我路过，我亲眼看见了他。可有时候我只看见一点最微妙的残余。几乎不是生命的最微细的痕迹。

留下的只是这个，当那深情可爱的老人。成了光芒，像世间其他无形的东西随着夕阳的余晖无比缓慢地离去。

米修

亨利·米修（1899—1984），法国诗人。
主要作品有《厄瓜多尔》《羽毛》《驱魔咒》等。

※ 谨慎的人

他以为腹部有石灰质沉淀。他每天去诊所。医生说，尿里验不出什么。或者说，他甚至有减钙倾向。或者说，他吸烟过多。或者说，他神经太紧张，需要休息。或者……或者……他再不去诊所；保留下沉淀。

原则上，石灰质是易碎的，可也不一定。沉淀里边还有碳酸盐、硫酸盐、氯酸盐、高氯酸盐；还有别的什么盐。这并不值得奇怪。本来嘛，既是沉淀，就会什么都包含一点。最麻烦的是：尿道。只要是液体，尿道都可以通过。可是晶体呢，那就比登天还难！此外，也得提防不要呼吸过猛，不要在拼命追赶电车时叫血流过速。一旦沉淀块碎裂，其中一小片化入血液，那可不是玩的——休想再见巴黎了。

在腹部，不知道有多少种血管：主血管、微血管、静脉管、连到心脏的主动脉管，还有其他一些颇为重要的器官。所以弯下腰是极端危险的事。至于骑马，谁还敢去想！哎，生命是多么需要谨慎。

他常想念世界上无数体内有沉淀的人；有的有钙质沉淀，有的有铅质沉淀，有的有铁质沉淀。（最近有外科医生在病人心脏里剔出子弹，虽然那人从未打过仗。）那些人以谨慎的步伐前行。人们从他们走路的样子认出他们，笑他们。而他们前行，小心翼翼地，沉思着，战战兢兢地，沉思那造物的神无底的神秘。

博尔赫斯

豪尔赫·路易斯·博尔赫斯（1899—1986），
20世纪阿根廷伟大的诗人、散文家、小说家。
他的一生创作甚丰，晚年因目疾导致双目失明。
重要的作品有：《布宜诺斯艾利斯的热情》《面前的月亮》《圣马丁手册》《影子的颂
歌》《黑夜的故事》等。

※ 盲人

一

五光十色的世界把他抛弃，

熟悉的面庞只是旧时模样，

邻近的街道如今变得遥远，

昔日的苍穹何等深邃。

书籍只留给他片断的记忆

（那是另一种形式的忘却），

只保存了形状，没有意义，

再有，也无非是书名和标题。

道路的坎坷设下了埋伏，

每走一步都可能失足。

我是朦胧的时间的囚徒，

没有黎明和黄昏，只有夜晚。

我只能用诗歌

塑造我荒凉的世界。

二

我生在1899年，那时候

园中葡萄藤蔓披，檐下盛两桶深沉，

刻板的时间（在记忆中多么短暂）

渐渐夺去世界在我眼里的反映。

书籍文字和亲人的容貌

日日夜夜被磨去了轮廓；

我无力的眼睛徒劳地探索

模糊的书架和模糊的讲桌。

蔚蓝和鲜红如今是一片迷蒙，

两个无用的词藻。我照的镜子

是个灰色的物体。朋友们，

我渴望看到一朵朦胧的玫瑰。

眼前残留的惟有黄昏的形状，

我能见到的只有梦魇。

（王永年 译）

川端康成

川端康成（1899—1972），日本小说家。

川端康成的作品多为中短篇小说，

代表作有《伊豆的舞女》《母亲的初恋》《千只鹤》《雪国》《古都》

和《睡美人》等。1968年获诺贝尔文学奖。

大师谈思想

115

※ 花未眠

　　我常常不可思议地思考一些微不足道的问题。昨日一来到热海的旅馆，旅馆的人拿来了与壁龛里的花不同的海棠花。我太劳顿，早早就入睡了。凌晨四点醒来，发现海棠花未眠。

　　发现花未眠，我大吃一惊。有葫芦花和夜来香，也有牵牛花和合欢花，这些花差不多都是昼夜绽放的。花在夜间是不眠的。这是众所周知的事。可我仿佛才明白过来。凌晨四点凝视海棠花，更觉得它美极了。它盛放，含有一种哀伤的美。

花未眠这众所周知的事，忽然成了新发现花的机缘。自然的美是无限的。人感受到的美却是有限的。正因为人感受美的能力是有限的，所以说人感受到的美是有限的，自然的美是无限的。至少人的一生中感受到的美是有限的，是很有限的。这是我的实际感受，也是我的感叹。人感受美的能力，即不是与时代同步前进，也不是伴随年龄而增长。凌晨四点的海棠花，应该说也是难能可贵的。如果说，一朵花很美；那么我有时就会不由自主地自语道：要活下去！

画家雷诺阿说：只要有点进步，那就是进一步接近死亡，这是多么凄惨啊。他又说：我相信我还在进步。

这是他临终的话。米开朗琪罗临终的话也是：事物好不容易如愿表现出来的时候，也就是死亡。米开朗琪罗享年八十九岁。我喜欢他的用石膏套制的脸型。

毋宁说，感受美的能力，发展到一定程度是比较容易。光凭头脑想象是困难的。美是邂逅所得，是亲近所得。这是需要反复陶冶的。比如唯一一件的古美术作品，成了美的启迪，成了美的开光，这种情况确是很多。所以说，一朵花也是好的。

凝视着壁龛里摆着的一朵插花，我心里想道：与这同样的花自然开放的时候，我会这样仔细凝视它吗？只摘了一朵花插入花瓶，摆在壁龛里，我才凝神注视它。不仅限于花。就说文学吧，今天的小说家如同今天的歌人一样，一般都不怎么认真观察自然。大概认真观察的机会很少吧。壁龛里插上一朵花，要再挂上一幅花的画。这画的美，不亚于真花的当然不多。在这种情况下，要是画作拙劣，那么真花就更加显得美。

就算画中花很美，可真花的美仍然是很显眼的。然而，我们仔细观赏画中花，却不怎么留心欣赏真的花。

李迪、钱舜举也好，宗达、光琳、御舟以及古径也好，许多时候我们是从他们描绘的花画中领略到真花的美。不仅限于花。最近我在书桌上摆上两件小青铜像：一件是罗丹创作的《女人的手》，一件是玛伊约尔创作的《勒达像》。光这两件作品也能看出罗丹和玛伊约尔的风格是迥然不同的。从罗丹的作品中则可以体会到各种手势，从玛伊约尔的作品中可以领略到女人的肌肤。他们观察之仔细，不禁让人惊讶。

我家的狗产崽，小狗东倒西歪地迈步的时候，看见一只小狗的小小形象，我吓了一跳。因为它的形象和某种东西一模一样。我发觉原来它和宗达所画的小狗很相似。那是宗达水墨画中的一只在春草上的小狗的形象。我家喂养的是杂种狗，算不上什么好狗，但我深深理解宗达高尚的写实精神。

去年岁暮，我在京都观赏晚霞，就觉得它同长次郎使用的红色一模一样。我以前曾看见过长次郎制造的称之为夕暮的名茶碗。这只茶碗的黄色带红釉子，的确是日本黄昏的天色，它渗透到我的心中。我是在京都仰望真正的天空才想起茶碗来的。观赏这只茶碗的时候，我不由得浮现出坂本繁二郎的画来。那是一幅小画。画的是在荒原寂寞村庄的黄昏天空上，泛起破碎而蓬乱的十字形云彩。这的确是日本黄昏的天色，它渗入我的心。坂本繁二郎画的霞彩，同长次郎制造的茶碗的颜色，都是日本色彩。在日暮时分的京都，我也想起了这幅画。于是，繁二郎的画、长次郎的茶碗和真正黄昏的天空，三者在我心中相互呼应，显得更美了。

那时候，我去本能寺拜谒浦上玉堂的墓，归途正是黄昏。翌日，我去岚山观赏赖山阳刻的玉堂碑。由于是冬天，没有人到岚山来参观。可我却第一次发现了岚山的美。以前我也曾来过几次，作为一般的名胜，我没有很好地欣赏它的美。岚山总是美的。自然总是美的。不过，有时候，这种美只是某些人看到罢了。

我之所以发现花未眠，大概也是由于我独自住在旅馆里，凌晨四时就醒来的缘故吧。

（叶渭渠 译）

※ 燕子

你听见过老鼠弹琴吗？……实际上，昨天夜里，我就吓得从床上跳了起来。

僻静的山间温泉，简直不值一提。那里有一家拥有二十来间客房的旅馆。昨天旅馆二楼上，也是只有我一个房客。这种情况并不稀奇。深更半夜，大雨滂沱。我总觉得屋顶上仿佛有许多人在跳舞，脚步声转来转去。孤独一人，在屋子里简直就像遭到魔鬼的袭击。是同类的活生生的人魔。它时而瞪大眼睛怒视，时而像猛虎张口咬人，时而又学着这山上的野猪爬山。后来我苦笑了之。可是蓦地抬起眼睛往旁边扫视的瞬间，视线的前方，瞥见晃过一个人影。我被那身影所吸引，转动着眼珠。是什么呢？我吓得抽缩着身子。这不是幻听，而是幻觉。简直连云朵、溪石、拉窗、木栏、手巾、花瓶、马儿等一切都忽然变成人面和人影似的。就是大雨敲打屋顶的声音，也好像人的脚步声。这点，自己也是清楚的。不知为什么，自己总想把挡雨板打开看看。这时候，邻屋响起了丁零零的琴声。也没有什么了不起的。是老鼠爬过铁格子窗掉落在琴上。

后来雨声很快就停息，这时只听见：

咕嘎咕嘎咕嘎……

这是溪流的雨蛙在鸣叫。一听见雨蛙的鸣声，我心田里忽地装满了月夜的景色一山谷流淌着一条美丽的清溪，飘荡着雨后芳香的气息。当然，雨蛙是在雨天鸣叫，就是在黑夜里也鸣叫。不知昨夜月亮是否出来了，今天倒是一个爽朗的晴天。加上又是个星期天。我按平时星期日的习惯，走访了乡间小学的年轻教师。

"一片绿油油，整个大地都披上了绿装！"

他突然描绘了一句野外的景色，接着又说："一披上嫩绿，我就觉得这一带更加寂寞了。也许是因为住在这里的人们的生活色彩，有点像破旧的茅草房顶的颜色吧。对我来说，这一带初夏的自然景致，宛如南国的风光，新鲜得有点悖乎寻常。只有富士山则是另一回事。只有那山的山容是另一回事。不过，我觉得这一带的节气，仲春一转眼就跃到初夏了，不是吗？你没有这种感觉吗？这里似乎没有晚春和暮春，不是吗？

"再说，这一带变得寂寞，乃是因为没有艺术。一提起艺术，不免有点令人嫉妒。木曾地方有木曾舞，追分地方有追分小调和追分舞，出云地方也有出云的什么艺术，无论什么地方都有它们地方特色的艺术。许多地方都有各自乡土滋润的民歌吧。可是，这里连一首乡土民歌也没有。盂兰盆节到来了，也不跳舞。爬山、赶车、插秧也不唱一首歌。人们都是缄默不语。即使有许多马匹，可人们连马都不想骑。充其量只骑骑自行车罢了。我调到这个村庄里来，这种情况令我大吃一惊。我还想起了这样一件事：

"两三年前，我在大阪郊区一个小镇的学校任教一现在已划入市区一那里有日本屈指可数的大纺织厂，这家工厂跳盂兰盆舞颇有名气。因为只是工厂女工跳，一般不让外人观看。我在工厂的女工学校教书，得以例外。可是一旦舞蹈起来，女工们不就分成七八个组了吗？我不由得'啊'地喊了一声，那也难怪啊！每组的舞蹈都不尽相同，例如有丹波地方的、越后地方的，各个地方的盂兰盆舞从舞曲、歌谣和跳法都不相同。因此各自跳自己故乡的舞，简直像盛开着色彩缤纷的乡土之花啊。再没有比观赏无数的舞蹈更能泛起缱绻的乡愁了。这个舞蹈广场的一角，开辟了一个大弓场，职工们都在那里拉弓。拉弓人和靶子都隐没在街道两旁的白杨树后面，我看不见。但我看见箭"嗖嗖"地从白杨树缝隙飞流而去。煤气灯的光，洒落在白杨树的叶子上。我眼望着同女工翩翩的舞姿一起飞流的光影般的箭，泪珠真的流淌出来了。

"来到这里，就想起盂兰盆舞来。因为这一带的姑娘们即使来到那个工厂，也参加不了哪一组的舞，恐怕只好呆望着别人的故乡之花啦。然而，这种想法是错误的。首先，这一带的姑娘绝没有纺织女工那样的身材。她们都有自己的家，离大城市很远。她们正直、善良。但是，她们的个子为什么都这么矮小呢？这姑且不说，一个原因可能是由于生活愉快的缘故吧，人们不怎么渴望刺激。这就使外来人感到这个村庄很是寂寞。甚至可以说这个村庄没有恋爱。就算酒席上的歌舞助兴也是彬彬有礼的。这是没有恋爱的村庄……也许正如我刚才所说的那样，没有艺术，大概只有富士山才是这一带的艺术吧。

"为什么这么说呢？前些日子，我在学校里让我所在那个班的同学—普通小学五年级女生—三十四个女孩子画自由画，简直令我吃惊，她们以富士山为远景作画，竟达二十一张……"

"嗯。"

我也简直吓呆了。从这里眺望远方天际的富士山的姿容，与其说是山，莫如说是一种天体，它以柔和的光映现在苍穹……

年轻的教师望了望我那副惊讶的面孔，继续说道："也许孩子们感到富士山的山姿是自己的美和憧憬的形象吧。另外有十二张，在画面上某个地方画上了飞燕……"

"燕子？"

"嗯，燕子。这也是出乎意料啊。像我这号人压根儿就没有留意燕子飞来了。这是四月底嘛。然而，孩子们却看见它。如此看来，还是这里的孩子感受到季节的艺术。像我这样的人太迟钝啊。"

这位又作诗又写小说的年轻教师说着笑了起来。

"是吗？有那么多画画了燕子？"

"嗯，画燕子的共有十二张。"

"燕子，就是那种燕子吧。有关这个温泉的燕子，我也有一个非常美好的故事。"

说着我的话匣打开了："我朋友的情人是个女影星。他们是学生时代的恋人，可是没有进一步发展。女的名气越来越大，也就越来越疏远了他。不过，这个女影星拍的片子在浅草电影院首映的时候，他们两人都去观看了。有一回，影片里有这样一个场面：这位女子扮演淳朴的山村姑娘，她孤独一人无精打采地走下山坡。他们两人看着这个场面的时候，一只燕子突然从银幕一角流星般地飞过去。啊！燕子！女的情不自禁地喊了一声，然后同男子打了个照面。拍摄这个镜头时，也许导演和摄影师都没有发现燕子飞入镜头呢。女演员更是压根儿就不知道。据说终场后，这位女子好几次同男子提及这件事。她反复地说：燕子，燕子！看来飞过银幕的燕子的形象，渗入了女子的内心底里了。她像是在说：燕子飞翔啊，那只燕子……整个身子软绵绵地投到男子的怀抱里，静静地抽泣。我从那位朋友那里听说，片中拍摄的那个山坡就是这个温泉浴场。

"我非常喜欢这个燕子的故事。我这种心情，同你刚才所说的在舞蹈场上看见飞箭的心情很相似，不是吗？因此，我想你是会理解的吧。"

"是啊！……这个村庄里，三十四个少女中也有十二个人是画燕子。"

"燕子。"

"燕子。"

于是，我们又再次自言自语似的说了一遍，然后扫视了一下天空，正在刮着带上嫩绿气息的风。

(1925年6月)

马尔腾

罗杰·马尔腾（1901—1975），美国散文作家。

作品注重从理性的角度，探究人活着的意义。代表作品有《生命的炸药》。

大师谈思想

123

※ 生命的炸药

一颗潜水艇的水雷，其爆炸力量之强，足以击沉兵舰。但是同样的水雷，如果只经过普通的抛掷，绝对不会爆炸，孩子们尽可以把它当玩具来玩，或滚或击，都不会有危险。而只有把它置于大炮中发射，才会发出惊人的力量来。

同样，每个人对他自己所具有的最大能力，也并不知道。只有等到大的灾难、大的变故降临到它的头上，或是重大的责任降临到他的肩上时，他的最大能力才会完全地施展出来。

一切平凡的工作，比如田间劳动、在制革场中工作、贩运木材、做店员、在市镇中做临时工，都不足以唤起格兰特将军心中潜伏着的睡狮；甚至连西点军校和墨西哥战争，都不能把它唤起。如果没有美国内战的爆发，或许格兰特将军的生命不会为人所知，也必不能流传后世。

在格兰特将军的身体里，有着一种极大的力量，但是一直到美国内战爆发，才激发出他的全部潜能。

又比如说林肯，他内在的伟大力量，也不是种地、伐木、做测量员、管理店务、做执照律师所能激发的，甚至做美国的国会议员也不能激发，而直到国家危急，他担当起伟大的责任后，才激发了他那巨大的力量，成为美国历史上无可匹敌的大英雄。

历史上还有不少这样的例子，有一些杰出的人物等到丧失了一切的境地，才激发出勇气来找寻生命的出路，或是等遇到了极大的不幸与灾祸，甚至到了绝望而进退两难的境地。才会竭尽全力来打开新的出路。

伟大人物是由需要创造出来的，这些人为了战胜一切困难，为了克服种种艰苦，才发挥出他们极大的力量，成了名垂史册的人物。

美国历史上，有许多杰出的商界人物一开始所做的事一点也没有表现出他们与众不同的才能，直到厄运毁灭了他们的产业，剥夺了他们赖以生存的拐杖后，他们体内真正的力量才被完全的激发出来。

许多男男女女，只有到了帮助自己的外力失掉后，只有到了在他们生命中所认为的最宝贵的东西丧失后，只有到了他们的一切被剥夺后，他们才发现自己的真正才能。人的真正的力量，往往潜伏在身体里面，而只有巨大需要的压力，才会使其完全激发出来。

人只有到了前无出路、后有追兵的时候，感到一切的外援都已丧失后，才会发掘出全部的内在力量。而当一个人能够依靠外力扶助的时候，他是绝对不会知道自己的真正的力量的。许多青年人之所以成功，竟然要归功于厄运，或是扶助他们的外力的断绝，比如亲属的死亡或失散，或是职业的丧失，或是灾祸的降临。于是他们只有自立自助，被迫去为自己奋斗！因为失去了生命的依靠，被迫奋斗的年轻人，便养成了勇毅果敢的独立作风，而人在依赖外界的扶助时，是绝对梦想不到会获得这种独立性的。

责任是最足以激发我们力量东西。从来没有担当过负责人职位的人，绝不会激发他那真正的力量。有许多身体强健的青年，却处在十分卑微、受人管束的地位，他们之所以老是处在这种地位，其原因就在于，从来就没有重大的责任交付与他们担当，这就无法激发他们最伟大的内在力量。于是，他们只是依照着人家所规划的去做，从不想别出心裁来表现自己的才能。

应付困难的能力和创造事业的才能，都只有在重大的责任压力下才会激发出来。认为"有什么便表现什么"的人生哲学，不知贻误了多少年轻人。在身体里面潜伏着的巨大的能力，可能会发泄出来，也可能不会发泄出来，而这完全取决于你的环境是否能激发你的能力。没有相应的环境，即使有最大的雄心和自信力，也未必会发挥最大的才能。

把重大的责任放在一个人的肩头，并迫使他走入绝境，这样情势的要求自然会把他全部的力量发挥出来。这可以促使他奋起精神，运用自己固有的能力，来完成任务。同时，其他的优良品质，比如自信、坚韧等，也往往因责任而养成。所以，读者朋友，如果重大的责任降临到你头上，乐意地欢迎吧，他是你走向成功的绝好机会。

斯坦倍克

约翰·斯坦倍克（1902—1968），美国现代最有名的小说家之一。
主要作品有《煎饼坎》《鼠和人》《愤怒的葡萄》《月亮下落》等。
1962年获诺贝尔文学奖。

※ 巨人树

　　我在巨人树身边过了两天。这儿没有旅客，没有带着照相机的吵闹的人群，只有一种大教堂式的肃穆。也许是那厚厚的软树皮吸收了声音造成这寂静的吧！巨人树耸立着，直到天顶，看不到地平线。黎明来得很早；一直保持黎明时的样子直到太阳升得老高，辽远天空中的羊齿植物般的绿叶才把阳光过滤成金绿色，分作一道道、一片片的光和影。太阳刚过天顶，便是下午了，紧接着黄昏也到了。黄昏带来一片悄语的阴影，跟上午一样，很漫长。

这样，时间变了，平时的早午晚划分也变了。我一向认为黎明和黄昏是安静的。在这儿，在这座水杉林里，整天都很安静。鸟儿在朦胧的光影中飞动，在片片阳光里穿梭，像点点火花，却很少喧哗。脚下是一片积聚了两千多年的针叶铺成的垫子。在这厚实的绒毯上听不见脚步声。我在这儿有一种远离尘世的隐居感。在这儿人们都凝神屏气不敢说话，深怕惊扰了什么——怕惊扰了什么呢？我从孩提时代起，就觉得树林里有某种东西在活动——某种我所不理解的东西。这似乎淡忘了的感觉立即回到我的心里。

夜黑得很深沉，头顶上只有一小块灰白和偶然的一颗星星。黑暗里有一种呼吸，因为至此控制了白天，占有了黑夜的巨灵是活的，有存在，有感觉，在它们深处的知觉里或许能彼此交感！我和这类东西（奇怪，我总无法把它们叫作树）来往了大半辈子了。我从小就赤裸裸地接触它们。我能懂得它们——它们的强力和古老。但是没有经验的人类到这儿来却感到不安。他们怕危险，怕被关闭、封锁起来，怕抵抗不了那过分强大的力。他们害怕，不但因为水杉的巨大，而且因为它们的奇特。怎能不害怕呢？这些树是上侏罗纪的一个品种的最后子遗，那是在遥远的地质年代里，那时水杉曾蓬勃繁衍在四个大陆之上，人们发现过白垩纪初期的这种古代植物的化石。它们在第三纪始新世和第三纪中新世曾覆盖了整个英格兰、欧洲和美洲。

可是冰河来了，巨人树无可挽回地绝灭了，只有这一片树林幸存下来。这是个令人目眩神骇的纪念品，纪念着地球洪荒时代的形象。在踏进森林里去时，巨人树是否提醒了我们：人类在这个古老的世界上还是乳臭未干，十分稚嫩的，这才使我们不安了呢？毫无疑问，我们死去后，这个活着的世界还要庄严地活下去，在这样的必然性面前，谁还能作出什么有力的抵抗呢？

（孙法理 译）

奥威尔

乔治·奥威尔（1903—1950），英国作家。

主要作品有《动物农场》《1984》及许多散文。

※ 射象

　　在下缅甸的毛淡棉，我遭到很多人的憎恨——在我一生之中，我居然这么引起重视，也就仅此一遭而已。我当时担任该市的分区警官，那里的反欧洲人情绪非常强烈，尽管漫无目的，只是在小事情上发泄发泄。没有人有足够胆量制造一场暴乱，但是要是有一个欧籍妇女单身经过市场，就有人会对她的衣服吐槟榔汁。作为一个警官，我成了明显的目标，只要安然无事，他们总要捉弄我。在足球场上，会有个手脚灵巧的缅甸球员把我绊倒，而裁判（又是个缅甸人）会装着没瞧见，于是观众就幸灾乐祸地大笑。这样的事发生了不止一桩。到了最后，我走到哪里，哪里就有年轻人的揶揄嘲笑的黄脸在迎接我，待我走远了，他们就在后面起哄叫骂，这真叫我的神经受不了。闹得最凶的是年轻的和尚，该市有好几千个，个个似乎都没有别的事可做，只是站在街头，嘲弄路过的欧洲人。

这使我十分着恼，也使我不解。因为那时我已认清帝国主义是桩邪恶的事，下定决心要尽早辞职滚蛋。从理论上来说——那当然是在心底里——我完全站在缅甸人一边，反对他们的压迫者英国人。至于我所干的工作，我是极不愿意干的，这种不愿意的心情非我言语所能表达。在这样的一个工作岗位上，你可以直接看到帝国主义的卑鄙肮脏。可怜巴巴的犯人给关在臭气熏天的笼子里，长期监禁的犯人面有菜色的脸，被竹杖鞭打后疤痕斑斑的屁股——这一切都使我有犯罪的感受，压迫得我无法忍受。但是我无法认清楚这一切。我当时很年轻，没有受过什么教育，我不得不独自默默地思索着这些问题，在东方的英国人都承受着这种沉默。我当时甚至不知道大英帝国已濒于死亡，更不知道它比将要代替它的一些新帝国要好得多。我只知道我被夹在中间，我一边憎恨我所为之服务的帝国，但我又生那些存心不良的小鬼头的气，他们总是想方设法使我无法工作。我一方面认为英国统治是无法打破的暴政，一种长期压在被制服的人民身上的东西，另一方面我又认为世界上最大的乐事莫过于把刺刀捅入一个和尚的肚子。这样的感情是帝国主义正常的副产品；随便哪个英属印度的官员都会这么回答你，要是你能在他下班的时候问他。

有一天发生了一件事，很能间接地说明问题。这本是一件小事，但它使我比以前更清楚地看到了帝国主义的真正本质——暴虐的政府行为处事的真正动机。有一天清早，镇上另一头的一个派出所的副督察打电话给我，说是有一头象在市场上横冲直撞，问我能不能去处理一下。我不知道该怎么办，但是我想看一看究竟，就骑马出发了。我带上了步枪，那是一支老式的0.44口径温彻斯特步枪，要打死一头象，这枪太小了，不过我想枪声可能起恐吓作用。一路上有各种各样的缅甸人拦住我，告诉我那头象干了些什么。这当然不是一头野象，而是一头发春情的驯象。它本来是用铁链锁起来的，发春情的驯象都是如此，但在头一天晚上它挣脱锁链逃跑了。唯一能在发情期制服它的驯象人出来追赶，但奔错了方向，已到了要走十二小时的路程之外，而这头象在清早又突然出现在镇上。缅甸人平时没有武器，对它毫无办法。它已经踩平了一所竹屋，踩死了一头母牛，撞翻了几个水果摊，饱餐了一顿；它还碰上了市里的垃圾车，司机跳车逃跑，车子被它掀翻，乱踩一气。

　　缅甸副督察和几名印度警察在发现那头象的地方等我。这是个贫民区，在一个陡峭的山边，破烂的竹屋子挤在一起，屋顶铺的是棕榈叶。我记得那是个就要下雨的早晨，天空乌云密布，空气沉闷。我们开始询问大家，那头象到哪里去了，像平常一样，得不到确切的情报。在东方，情况总是这样；在远处的时候，事情听起来总是很清楚，可是你越走近出事的地点，事情就越模糊。有的人说，那头象朝那边去了，有的人又说是另一个方向，有的甚至说根本不知道有什么象逃跑的事。我几乎觉得整个事情可能都是谎话，这时忽然听到不远的地方有人在嚷嚷。我听到一声惊恐的喊叫："走开！孩子！马上给我走开！"这时我见到一个老妇人手中拿着一根树枝从一所竹屋的后面出来，使劲地赶着一群赤身裸体的孩童。后面跟着另外一些妇女，嘴上喷喷出声，表示惊恐；显然那里有什么东西不能让孩子们见到。我绕到竹屋的后边，看到一个男人的尸体躺在泥中。他是个印度人，一个黑皮肤的德拉维人苦力，身上几乎一丝不挂，死去没有几分钟。他们说那头象在屋子边上突然向他袭来，用鼻子把他捉住，一脚踩在他背上，把他压扁在地上。当时正好是雨季，地上泥土很软，他的脸在地上划出了一条槽，有一尺深，几尺长。他俯扑在地上，双手张开，脑袋扭向一边。他的脸上尽是泥，睁大双眼，龇牙咧嘴，一脸剧痛难熬的样子。（可别对我说，凡是死者的脸上表情都是安详的。我所见到的尸体中，大多数是惨不忍睹的。）大象的巨足在他背上撕开皮，像人剥兔皮一样干净利落。我一见到尸体，就马上派人到附近一个朋友的家里去借一支打象的步枪来。

　　我已经把我的马送走，免得它嗅到象的气味，受惊之下把我从它背上颠下来。

　　派去的人几分钟以后便带着一支步枪和五颗子弹回来，这中间又有几个缅甸人来到，告诉我们，那头象就在下面的稻田里，只有几百码远。我一起步走，几乎全区人都出动了，他们从屋里出来跟着我。他们看到了步枪，都兴奋地叫喊说我要去打死那头象了。在那头象撞倒踩塌他们的竹屋时，他们对它并不表现出有多大的兴趣，可是如今它要被开枪打死了，情况忽然之间就不同了。他们觉得有点好玩，英国群众也会如此。此外，他们还想弄到象肉。这使我隐隐约约地感到有些不安。我并没有打算打死那头象——我派人去把那支枪取来只不过是在必要时进行自卫而已——而且有一大群人跟在你后面总是令你有些神经紧张。我大步下山，肩上扛着那支步枪，后面紧紧跟随着一群越来越多的人，看上去一定像个傻瓜，心中也感到自己成了一个傻瓜。

到了山脚下，离开了那些竹屋子，有一条铺了碎石子的路，再过去，就是一片到处都是泥浆的稻田，有一千码宽，还没有犁过田，因为下过雨，田里水汪汪的，零零星星地长着一些杂草。那头象站在路边八码远的地方，左侧朝着我们。它一点也没有注意到群众的靠近。它把成捆的野草拔下来，在双膝上拍打，打干净了以后就送进嘴里。

我在碎石路上就停了步。我一见到那头象就完全有把握知道不应该打死它。把一头能做工的象打死是桩严重的事，这等于是捣毁一台昂贵的巨型机器，事情很明显，只要能够避免就要尽量避免。在那么一段距离之外，那头象安详地在嚼草，看上去像一头母牛一样没有危险。我当时想——我现在也这么想——它的发情大概已经过去了，因此它顶多就是漫无目的地在这一带闲逛，等驯象人回来逮住它。何况，我当初根本不想开枪打它。因此我决定从旁观察，看它不再撒野了，我就回去。

但是这时我回头看了一眼跟我来的人群。人越聚越多，至少已经有两千人了，把马路两头都远远地堵死了。我看着花花绿绿衣服上的一张张黄色的脸，这些脸上都为了这一点看热闹的乐趣而现出高兴和兴奋的神情，大家都认定这头象是必死无疑了。他们看着我，就像看着魔术师变戏法一样。他们并不喜欢我，但是由于我手中有那支神奇的枪，我就值得一观了。我突然明白了，我非得射杀那头大象不可。大家都这么期待着我，我非这么做不可；我可以感觉得到他们二千个人的意志在不可抗拒地把我推向前。

就在这个当儿，就在我手中握着那支步枪站在那儿的时候，我第一次看到了白人在东方的统治的空虚和无用。我这个手中握枪的白人，站在没有任何武装的本地群众前面，表面看来似乎是一出戏的主角；但在实际上，我不过是身后这些黄脸的意志所推来推去的一个可笑的傀儡。我这时看到，一旦白人开始变成一个暴君，他就毁了自己的自由。他成了一个空虚的、装模作样的木头人，常见的白人老爷的角色。因为正是他的统治使得他一辈子要尽力锁住"土著"，因此在每一次紧急时刻，他非得做"土著"期望他做的事不可。他戴着面具，日子长了以后，他的脸按照面具长了起来，与面具吻合无间了。我非得射杀那头象不可，我在派人去取枪时就不可挽回地表示要这样做了。白人老爷的行为必须像个白人老爷；他必须表现出态度坚决，做事果断。手里握着枪，背后又有两千人跟着，到了这里又临阵胆怯，就此罢手，这可不行。大家都会笑话我，我整个一生，在东方的每一个白人的一生，都是长期奋斗的一生，是绝不能给人笑话的。

但是我又不愿意射杀那头大象。我瞧着它卷起一束草在膝头甩着，神情专注，像一个安详的老祖母。我觉得朝它开枪无异是谋杀。按我当时的年龄，杀死个把兽类我是没有什么顾忌或不安的，但是我从来没有开枪打过大象，我也不想这么做。（杀死巨兽总是使人觉得更不应该一些。）何况，还有象主人得考虑。这头活象至少可值一百镑，死了，只有象牙值钱，可能卖五镑。不过我得马上行动。我转身向几个原来已在那里的看起来颇有经验的缅甸人，问他们那头象老实不老实。他们说的都一样：如果你让它去，它不理你；如果你走得太近，它就向你冲来。

我该怎么办，看来很清楚。我应该走近一些，大约二十五码左右，去试试它的脾性。要是它冲过来，我就开枪；要是它不理我，那就让它去，等驯象人回来再说。但是我也知道，这事我恐怕办不到。我的枪法不好，田里的泥又湿又软，走一步就陷一脚。要是大象冲过来而我又没有射中，我的命运就像推土机下的一只蛤蟆。不过即使在这时候，我想的也并不完全是自己的性命，而是身后那些看热闹的黄脸。因为在那时候，有这么多人瞧着我，我不能像只有我自己一个人那样害怕。在"土著"面前，白人不能害怕；因此，一般来说，他是不会害怕的。我心中唯一的想法是，要是出了差错，那二千个缅甸人就会看到我被大象追逐、逮住、踩成肉酱，就像山上那个龇牙咧嘴的印度人尸体一样。要是发生这样的事情，他们中间有些人很可能会笑话我。我不能让他们笑话我。只有一个办法。我把子弹上了膛，趴在地上好瞄准。

人群十分寂静，许许多多人的喉咙里叹出了一口低沉、高兴的气，好像看戏的观众看到帷幕终于拉开时一样，终于等到有好戏可瞧了。那支漂亮的德国步枪上有十字瞄准线。我当时根本不知道，要射杀一头象得瞄准双耳的耳孔之间的一条假想线，开枪把它切断。因此，如今这头象侧着身子对我，我就应该瞄准直射它的一只耳孔就行了；但在实际上，我却把枪头瞄准在耳孔前面的几英寸处，以为象脑在这前面。

我扣扳机时，没有听到枪声，也没有感到后坐力——开枪中的时候你总是不会感到的——但是我听到了群众顿时爆发出高兴的欢叫声。就在这个当儿——真是太快了，你会觉得子弹怎么会这么快就飞到了那里——那头象一下子变了样，神秘而又可怕地变了样。它没有动，也没有倒下，但是它的身上的每一根线条都变了。它一下子变老了，全身萎缩，好像那颗子弹的可怕威力没有把它打得躺下，却使它僵死在那里。经过很长时候，我估计大约有五秒钟，它终于四腿发软跪了下来。它的嘴巴淌口水。全身出现了老态龙钟的样子。你觉得它仿佛已有好几千岁了。我朝原来的地方又开了一枪。它中了第二枪后还不肯瘫倒，虽然很迟缓，他还是努力要站起来，勉强地站着，四腿发软，脑袋耷拉。我开了第三枪。这一枪终于结果了它。你可以看到这一枪的痛苦使它全身一震，把它四条腿剩下的一点点力气都打掉了。但它在倒下的时候还好像要站起来，因为它两条后腿瘫在它身下时，它仿佛像一块巨石倒下时一样，上身却抬了起来，长鼻冲天，像棵大树。它长吼一声，这是它第一声吼叫，也是仅有的一声吼叫。最后它肚子朝着我这一边倒了下来，地面一震，甚至在我趴着的地方也感觉得到。

我站了起来。那些缅甸人早已抢在前面跑到田里去了。显然那头象再也站不起来了，但它还没有死，它还在有节奏地喘着气，喉咙呼噜呼噜地出声，它的半边身子痛苦地一起一伏。它的嘴巴张得大大的，我可以一直看到粉红色喉咙的深处。我等它死去，等了很久，但它的呼吸并不减弱。最后我把剩下的两颗子弹射到我估计是它心脏的位置。浓血喷涌而出，好像红色的天鹅绒一般，可是它还不肯死。它中枪时身子并不震动，痛苦的喘息仍继续不断。它在慢慢地、极其痛苦地死去，但是它已到了一个远离我的世界，子弹已经不能再伤害它了。我觉得我应该结束那讨厌的喘息声。看着那头巨兽躺在那里，没法动弹，又没法死掉，又不能把它马上结果掉，很不是滋味。我又派人去把我的小口径步枪取来，朝它的心脏和喉咙里开了一枪又一枪。但似乎一点影响也没有。痛苦的喘息声继续不断，就像钟声滴答一样。

我终于再也无法忍受了，我离开了那里。后来听说它过了半小时才死掉。缅甸人还没有等我走开就提着桶和篮子来了，据说到了下午他们已把它剥得只剩骨骼了。

后来，关于射杀那头象的事，当然议论不断。象主人很生气，但他是个印度人，一点也没有办法。何况，从法律的观点来说，我做的并不错，因为如果主人无法控制的话，发狂的象是必须被打死的，就像疯狗一样。至于在欧洲人中间，意见就不一了。年纪大的人说我做得对，年纪轻的人说为了踩死一个苦力而开枪打死一头象太不像话了，因为象比科林吉苦力值钱。

我事后心中暗喜，那个苦力死得好，使我可以名正言顺地射死那头象，在法律上处于正确地位。我常常在想，别人知不知道我射死那头象只是为了不想在大家面前显得像个傻瓜而已。

（董乐山　译）

佩顿

阿兰·佩顿（1903—1988），南非作家。
长期从事教育工作，曾任少年犯教养所所长。创立南非自由党并任主席。
主要作品有长篇小说《哭泣吧，亲爱的祖国》，
短篇小说集《骚乱地带的故事》，文集《和平手段》等。

大师谈思想

137

※ 半便士

少年犯教养所600个男孩当中，大约六分之一有10～14岁，小男孩们其实都有着寻求爱的本能。我便是在这里工作。

其中有个叫"半便士"的小男孩，快12岁了，来自布罗姆芳汀，是那些小孩中最健谈的一个。他说他母亲在白人家做女佣，他有两个兄弟和两个姐姐。

可是，在"半便士"的档案里清楚地记着，他是个流浪儿，没有任何亲人。

他从这个家里被带到那个家里，最后学会了偷窃。通过书信备查簿，我发现"半便士"常给贝蒂·玛尔蔓太太写信。玛尔蔓太太住在费拉克街48号，可她从来也没回过信。

社会福利局来信表明玛尔蔓太太确有其人，住布罗姆芳汀，有4个孩子，可根本没有"半便士"这个儿子。玛尔蔓太太只知他是个街头的小野种。她也从不回信，因为"半便士"总在信中称呼她为妈妈，而她既不是他真正的母亲，也不愿收他做儿子，她不想因为这么个偷儿来败坏家庭名声。

可"半便士"绝不是普通的少年犯。他多么渴望有个家，而且他在教养所里的表现也无可指责。我感到一种难以放弃的义务，他对他的"母亲"不可能知道很多，只说她诚实美丽，她的家干干净净，她对子女关怀备至。很明显，他使自己依恋上了那位妇人，却不懂如何打开那妇人的心田，将他从孤独阴暗中解救出来。

"你有这么好的妈妈，为什么还要偷？"我突然问。

他显然无法找到合适的回答。骗局终于被识破，他以前勇敢保证的劲头已一扫而空。

他病倒了，医生说他患了肺结核。我立即写信告诉了玛尔蔓太太，可玛尔蔓太太却回信表示此事与她无关，其中有个缘故，"半便士"是非洲部族人，而她是白色人种。肺结核日益严重，"半便士"将要从我们身边离去了——医生说生的希望十分渺茫，怀着最后一丝希望，我寄钱给玛尔蔓太太，希望她来。在这一关键时刻，她终于顾不上窘迫和别人的议论，认"半便士"为她的儿子。她整天陪着他，告诉他四个兄弟姊妹的事。

"半便士"也倾吐着他对妈妈的爱。我去看他时，他总显得那么愉快。可他还是去了！我很懊悔，如果我早点做出明智的决定，那该多好，一切就会大不相同了。

我们将"半便士"埋在教养所农场里。玛尔蔓太太庄重地对我说："请在他坟上的十字架上写上他是我的儿子。"

伏契克

尤利乌斯·伏契克（1903—1943），捷克作家。

捷克斯洛伐克共产党最早的党员之一，长期担任《红色权利报》编辑。

二次大战期间领导反纳粹的地下斗争，后被捕，

在狱中创作了不朽的杰作《绞刑架下的报告》，1943年9月8日被纳粹杀害。

大师谈思想

139

※ 我生命的果实

一

我的果实系晚熟之列，

从地狱污水升起的浓

雾中汲汁、甘甜，

当雾气弥漫忧郁的草原，

当初雪覆盖蜿蜒的山峦。

弗·克·沙尔达

我亲爱的古斯丁娜!

我俩要再像孩子似的在一个阳光普照、和风吹拂的临河的斜坡上携手漫步是没什么希望了。我想再有那么一天，重新生活在和平、宁静、舒适与满足中，在书籍友爱的怀抱里，写下我们曾共同谈论过的、二十五年来在我脑海里构思和成熟起来的一切是没有什么希望了。当他们捣毁了我珍藏的书籍的同时，他们也就把我生命和一部分埋葬了。但我绝不屈服，绝不让步，坚绝不让自己生命的一部分在这间二六七号白色牢笼里不留丝毫痕迹地完全毁掉。因此，我现在正从死神那儿窃取来的一点时间，抓紧写一些捷克文学的札记。请你永远记住将要把我的手稿转交给你的那个人，正是他使我不至于完全、彻底地从人世间消失。他给我的笔和纸，唤起了我一种只在初恋时才会有的感情，引发出一种难以言传的心绪。当然眼下没任何文献资料，更无从引经据典，要写出一点东西来是不容易的，即或呈现在我眼前的是些活生生的，我似乎可以触摸到一些东西，然而对我的读者来说却会是些模糊和不现实的。因此，我得首先给你，我亲爱的，给我的助手和第一个读者写信，因为你最能猜透我的心思，而且你还可以和拉扎以及我那位白发苍苍的出版家一起做些必要的补充。我的心和脑子可以说是装得满满的，但这儿的四壁却是空空如也。你要写有关评论、札记一类的东西，而手头上却连一本哪怕是只让你瞟上一眼的参考书都没有，这岂非咄咄怪事!

命运原本就是那么荒诞不经。你知道我是多么喜欢那广袤的旷野、阳光和风。多么愿意成为生活在它们之中宇宙万物的一分子：像只小鸟或一簇灌木，一片云或一个流浪汉。然而多年来，我就像树根一样地注定要生活在地下。这些树根或许长得歪歪扭扭很是难看、发黄的，它们被黑暗和腐烂物包围着，然而它们却使地面上的生命之树昂首挺立。无论有多大的风暴也休想将那根深蒂固的生命之树吹倒。这就是树根骄傲之所在。我也以此感到骄傲。我从不后悔我成了树根。我没什么可悔恨的。我力所能及的，我都做了，并且乐意去做。但是那光明，我钟爱的光明，我多么愿意破土而出，在它的光照下苗壮成长，长得挺拔高大；我多么希望也能开花，也能结出可供食用的果实来呀。

喏，有什么法子呢?

在由我们这些树根支撑着的树上，一代新人正在发芽生长、开花结果。他们是社会主义一代的工人、诗人以及文学评论家和历史学家，纵然迟一些，但他们会更加出色地去评论我已无法评论的一切。这样，我的果实方能变得甘甜和丰硕起来，虽然已永不会再有白雪飘落到我的山头。

你的尤拉

1943年3月28日于二六七号牢房

二

我亲爱的古斯丁娜：

我刚才得到准许给你写信，所以赶忙写起来。柳芭（伏契克一个妹妹的名字）写信告诉过我，说你已经换了地址。你可知道，亲爱的，我俩彼此相隔并不很远？假若你早上从台瑞辛出发向北走，我从包镇出发向南走，到傍晚时候我们就会见面了。我们一定会怎样飞也似的跑那最后的几步啊。总之我们是在走向那些对我们家族有重要意义的地方。你是在台瑞辛，那是我的叔叔曾经获得到很大名声的地方；我不久将被送到柏林，那是我叔叔逝世的地方。不过我并不以为姓伏契克的人都会死在柏林啊。也许柳芭写信告诉过你，我单独住着一间牢房，并且在制纽扣。在我牢房的一个靠墙根的角落里有一只小小的蜘蛛，而在墙外，我窗子顶上，有一对知更鸟安居在那儿。离我是这么近，所以我听得见它们那柔和的、孩子般的呢喃声。它们已经孵上小鸟儿，尝到那种家务的麻烦了，于是我就想起你怎样常常把鸟儿们的呢喃声替我译成人类语言的情景，我亲爱的。我此刻在同你谈话，而我在等待着，渴望能够当面和你谈话的时候。那时候我们彼此将有多少话要互相诉说啊。我可亲可爱的人，勇敢起来，坚强起来，我怀着我所有的爱拥抱你，吻你。

再见。

你的尤拉

1943年8月8日于包镇

三

我亲爱的女孩子们：

　　你们也许已经知道我被押解到别处了。八月二十三日，我正等着你们的来信，得到的却是要我去柏林的通知。八月二十四日我就已经上路了，路过考尔里兹和考特布斯，二十五日早上法院开庭审判，中午以前一切都分晓了。结果正像预料的一样。此刻我和另一位朋友坐在勃洛琛斯的一间牢房里。我们做着纸袋，唱着歌，等着轮到我们的时刻。还剩下不多几个星期了，有时这几个星期会变成几个月。希望就像逐渐枯萎的树叶似的，轻轻地安静落掉。

　　看着树叶落掉，许多浪漫的幻想可能变成绝望。但这却无伤于那棵树。那是自然的，那是事实。冬天磨炼一个人正像磨炼一棵树。我相信，我的欢乐并没有被剥夺去什么——任何一点什么。这欢乐在我的心底里，并且每天用贝多芬的一个乐曲主题同我讲话。一个人即使被剥去一头之高，也不会就变得渺小些。我从心底希望你们在事情过去之后不要用悲哀来纪念我，而要怀着我一直用以生活的欢乐来纪念我。每个人身后迟早总有一道门要关上的。至于父亲方面，你们得小心考虑一下是否该把这件事告诉他或者暗示他。也许是最好不要使老年人受这个罪。你们自己决定吧。现在你们是比较靠近他和母亲。

　　请把你们所知道的关于古斯丁娜的一切写信告诉我，并且代我向她致最热烈的问候。叫她要永远坚定和勇敢，叫她不要怀着我现在仍然感觉得到的那种伟大的爱情独身下去。他的青春和感情，使她没有权利守寡。我过去曾经要她幸福，我现在还要她没有我也能幸福。她会说这是不可能的。每个人都可能被代替，在工作上，在别人的心上。不过目前还不要告诉她这些，等她回来再说——假若她还能回来的话。现在你们一定想知道，我知道你们一定想知道，我目前生活得怎样。我生活得非常之好。在这里我也有工作可做，而且，我并不是独自一人住在牢房里，所以时间过得很快……差不多是太快了，正像我们这儿的同伴说的。

　　那么，我亲爱的人们，我热烈地拥抱和亲吻你们，再见——虽然这两个字在这个时候听起来有点古怪。

　　你们的尤拉

1943年8月31日于柏林勃洛琛斯监狱

（陈敬容　译）

尤瑟纳尔

玛格丽特·尤瑟纳尔（1903—1991），

尤瑟纳尔是法兰西学士院的第一位女院士，以小说知名，

其《阿德里安回忆录》是一部享誉世界的杰作。

其实，她的文学活动有着极其广阔的领域，诗歌、戏剧、随笔、自传、翻译等，

都有所涉猎，且都有所成就。

大师谈思想

143

※ 谁知道兽的灵魂是下入地呢？

谁知道人的灵魂是往上升、兽的灵魂是下入地呢？

《传道书》，三章，21节

《一千零一夜》中的一个故事说，上帝造了人的那一天，大地和动物都发抖了。这种诗人的令人惊叹的预见正是对我们才显示出它的全部意义，因为我们比中世纪的阿拉伯讲故事的更清楚大地和动物有理由发抖。当我看见牲畜在田野上的时候，唉，可惜这种画家和诗人任何时候都觉得是"如田园诗般"的美景，在我们西方的土地上是越来越罕见了，甚至当我看见几只母鸡还在农家院子里自由

地啄食的时候，我就想，这些为了人的胃口而牺牲、被人用得不能再用的动物有朝一日将"不得好死"，被放血，被打死，被勒死，或者，如果是不送宰马场的马，那就用老办法，一枪打死，而这一枪常常打得不准，几乎从来也不是真正的"慈悲的一击"，然后丢弃在荒山野岭之中，马代拉的农民现在还这样干，甚至（人家给我说是在哪个地方来着？）用刺棒的针将其赶下悬崖，粉身碎骨而亡。

然而我又想，此刻，也许数月或数年之中，这些动物还能在露天、在阳光里、在黑夜中活着，常常受苦，但有时也有好的对待，差不多正常地走完它们动物的一生的循环，如同我们听天由命地完成我们自己的一生的循环一样。但是，这种相对的"正常"在我们这里也行不通了，可怕的生产过剩（最后也使人堕落和毁灭）使动物成了流水线上的产品，在不堪忍受的电灯光下活过它们短促而可怜的一生（饲养者必须尽早收回投资），体内充满荷尔蒙，其肉将危险传给我们，若是家禽，则一个挨一个地挤在一处，下蛋，或如旧日护士和奶娘所说，"抱窝"，去除了喙和爪，在其可怕的包装了的生活中，难兄难弟间相互敌对；或者，巴黎保安警察队的骏马老了，不中用了，就被送到巴斯德研究院的分栏马厩里苟活上两年，唯一的消遣乃是每日抽血，直到被抽干，剩下一副马的空壳，成了免疫学进步的牺牲品，连保安警察队的人都嚷道："我们宁愿人家把它们直接送进屠宰场！"

当然，我们几乎人人都用过血清，但我们也衷心呼唤此项医学进步不再时髦的时代，如同许多东西过时一样；我们当中大部分人吃肉，但也有人拒绝，并且略微嘲讽地想到产生于惊恐和垂死的种种废物，想到以吞食牛排者的颌骨为终点的营养循环所消耗的细胞。

如同在别处一样，这里的平衡被打破了；丑恶的动物原材料是一个新事物，正如毁掉森林为我们的充斥着广告和假消息的日报及周刊提供必要的纸浆；正如我们的海洋，为了油轮而牺牲了鱼。数千年间，人是把兽视若自己的东西，但是密切的接触尚存。骑马的人一方面用之不惜，一方面也爱他的坐骑；往日的猎手了解猎物的生活习性，以其特有的方式"爱"他杀之以为荣耀的野兽：丑恶中混杂着某种亲密；终于没有奶而被送到屠户那里去的奶牛，为了圣诞节而被放了血的猪（中世纪的农民的妻子传统上是坐在席子上不让猪乱蹬腿的），首先曾经是"可怜的牲口"的，人们为它们割草，用残羹剩饭为它们准备吃食。对于许多农妇来说，她们紧靠着挤奶的那头牛曾经是一位不说话的朋友。养在笼里的兔子离食品贮藏室仅两步远，它们当然最后也成了那里的绞得细细的肉酱，然而在此之前，它们仍然是那种人们喜欢在透过笼子栅喂莴苣叶时看它们那粉红色的嘴唇上下翕动的小动物。

我们改变了这一切：城里的孩子从未见过一头奶牛或一只羊；所以，人们不爱从来没有机会接近或抚摩过的东西。马在一个巴黎人眼里几乎仅仅是那种神话里的动物，被注射了兴奋剂，疲于奔命地跑，若在一次大赛时下对了注，则可赢点儿钱。动物的肉被切成块，仔细地用玻璃纸包好，放在超级市场里，或做成罐头，人们不再觉得它曾经是活的了。大块大块的动物肉挂在肉案的钩子上，还渗着血，惨不忍睹，在巴黎，我的一些不惯于此的外国朋友远远地见了，都换到马路另一侧去，人们倒是可以对自己说，我们的肉案也许是个好东西，它是人对动物施加的暴力的一个显而易见的证据。

同样，在大皮货店的橱窗里精心展示的毛皮大衣似乎距海豹和浣熊千里之遥，那些海豹在大浮冰上被棍棒打杀，而那些浣熊则被夹子夹住，还咬着一只爪子试图重获自由。涂脂抹粉的美人儿不知道她的化妆品曾给兔子或小白鼠试用，它们有的以身殉职，有的则双目失明了。男买主和女买主先是完全的无意识，接着就是完全的心安理得，就像某些人的完全的天真一样，他们出于对所谈之事的无知或者出于想象力的缺乏，或者不辞劳苦地为古拉格群岛辩护，或者主张使用原子武器。一种越来越远离真实的文明制造了越来越多的牺牲品，也包括它自身。

然而，爱动物是和人类一样古老的。成千上万的写下的或说出的证据，艺术品和眼见的举动，都可证其不诬。这个摩洛哥农民爱他的驴，他刚刚听说他的驴必死无疑，几个星期以来，他一直往它那伤痕累累的长耳朵上滴增碳油，而不用他那小小的农场里出产丰富的橄榄油，据说这种油因为贵所以比橄榄油有效。可怕的坏死渐渐蔓延至牲口的全身，它活不了多久了，但还会干到头，这个人太穷了，不肯就这样让它死。这个富有的吝啬鬼爱他的马，他把这匹漂亮的灰马牵到欧洲兽医的免费诊所，这牲口曾经是骑术表演期间的骄傲，唯一的麻烦似乎是喂错了饲料。这个葡萄牙农民爱他的狗，他每天早晨都抱起他的臀部骨折的德国牧羊犬，在园子里干活的长长的一天里都跟它在一起，用剩下的饭菜喂它。这位老先生或老太太爱鸟，他们常去巴黎那些枯燥的公园喂鸽子，人们取笑他们是很不对的，既然他们由于身边的翅膀的扇动而与天地万物建立了联系。《传道书》里的那个人爱动物，他想是否动物的灵魂是下入地；莱奥那多把弗洛伦萨市场上关在笼子里的鸟放了，还有那个一千年前的中国女人，她在院子的一角发现一个大笼子，里面关着一百多只麻雀，医生让她每天吃一个还温热的鸟脑。她把笼子的门大大地打开了。"吾乃何人，敢自诩胜于如许鸟儿？"我们须不断地进行的选择，已有许多人在我们之前做过了。

至少在西方，动物的痛苦之重大原因之一乃是《圣经》上耶和华给堕落之前的亚当的命令，他指给他看动物的族类，为它们命名，宣布他是它们的主人和老爷。这个神话场面一直被基督徒和正统犹太人解释为允许对这千万种动物进行有择宰杀，而这些动物以其有别于我们的形状表达了生命的无限多样性，以其内部组织表达了它们行动、快乐和痛苦的权利，此乃生命之多样性的明显的统一性。其实很容易对这古老的神话作另外的解释：这位亚当，还未曾被堕落触及，也完全可以自觉升为全部创造的保护者、仲裁人和管理者，利用他被赋予的额外的或不同的能力，利用赋予动物的能力，圆满地完成并保持世界的美好的平衡，上帝让他做的是这世界的管家，而不是暴君。

基督教本应强调那些把动物和人置于一处的崇高传说；牛和驴以其气息温暖儿时的耶稣；雄狮虔诚地覆盖着隐修士，或为圣徒杰洛姆充当驾车牲口或看门的狗；乌鸦喂养荒原中的神甫，圣徒罗克的狗喂养它那生病的主人；圣徒弗朗索瓦的狼、鸟和鱼，在圣徒布莱兹那里谋求保护的林中野兽，圣徒巴齐尔·德·塞萨雷为动物做的祈祷，戴十字架的鹿使圣徒于贝尔皈依（这是民间宗教传说的最残酷的讽刺之一，这位圣徒此时竟成了猎人的主保圣人）。爱尔兰和赫不利兹群岛的圣徒们把受伤的鹭带上岸并加以疗治，保护被猎犬围住的鹿，临死还和一匹白马结成友谊。在基督教中，有关动物的民间传说的各种成分几乎和佛教里的一样丰富，但是生硬的独断论和人之自私的优先性占了上风。在这一点上，一种理性的、世俗的运动，即最近的、滥用的意义上的人道主义，声称只有人的成就才值得关注，直接地继承了这种贫困化的、抽去了对其他生物的认识和爱的基督教义。

此外，一种不同的理论即将为一些人所有，对这些人来说，动物不配得到任何帮助，没有那种我们至少在原则上给予每个人的尊严。在法国以及任何受法国文化影响的国家，笛卡儿的动物——机器成为一种信条，尤其因为它有利于剥削和冷漠，也就更容易被接受。这里，人们可以想一想笛卡儿的说法是否是在最低的水平上被接受的。动物——机器，当然是，然而人本身也不多不少正是一架机器，这架机器生产、安排行动、构成冷暖、饥饱等感觉的冲动和反应以及性的冲动，还有痛苦、疲劳、恐惧等，这一切动物的感觉是和我们的感觉一样的。兽是机器，人也是机器，大概是害怕亵渎不朽的灵魂阻止笛卡儿公开地在一种假说中继续走下去，这种假说本可以为一种真正的生理学和动物学奠定基础。而莱奥那多（指达·芬奇）可以悄悄对笛卡儿说，倘若笛卡儿得以了解其《笔记》的话，极而言之，上帝本人就是"第一推动力"。

我略微详细地谈到了动物的悲剧及其首要原因。在问题的目前状况下，在一个这一方面和其他许多方面我们的滥用都日趋严重的时代里，人们可以想一想，一种《兽权宣言》是否是有用的。我满怀喜悦地欢迎它，不过，一些好脾气的人已经悄悄地说了："《人权宣言》已经发表快二百年了，有什么结果呢？不曾有一个时代更加集中营化、更趋向于人类生命的大规模毁灭、更准备好贬损人类这个概念，直至它的牺牲品本身。为了动物再发布一个此类的宣言合适吗？它将——只要人本身不改变——，和《人权宣言》一样成为一纸空文。"我认为合适。我认为永远应该发布或重申一些真正的法律，它们当然不会因此而多一些约束力，但总可以让肇事者有做错了事的感觉。"你不能滥杀无辜。"我们为之如此骄傲的全部历史乃是对这一条法律的不断的违反。

"你不要让动物受苦，或尽可能地不要让它们受苦。它们像你一样，有它们的权利，有它们的尊严"，这肯定是一个很有分寸的训诫；然而，在人的精神目前所处的状态下，这个训诫几乎成了破坏性的了。那就让我们破坏吧。让我们反抗无知、冷漠、残忍吧，它们常常被施与人，就是因为它们总是先在动物身上练手。既然什么事情都要回到我们自身，那就让我们记住，如果少些受残害的动物，我们就会少些殉道的儿童，如果我们不是习惯于把垂死的牲口关进没有食物、没有水的运货车送往屠宰场，我们就会少些送某些独裁者的牺牲品去死的打了铅封的车厢，如果对杀戮的兴趣和习惯不是猎人的特权，我们就会少些人作为猎物倒在枪口下。在可能的微不足道的范围内，让我们改变（若可能就改善）生活吧。

聂鲁达

巴勃罗·聂鲁达（1904—1973），是20世纪拉丁美洲最杰出的民主主义诗人，

他原名内夫塔里·利加尔多·雷耶斯，

出身于智利中部帕莱尔小镇一个铁路工人的家庭。

10岁开始学写诗，不久就成了相当有名气的少年诗人。

1924年以出版第一部诗集《20首爱情诗和一支绝望的歌》震动智利诗坛，

成为当时最有声望的青年诗人。

此后，又连续写了《巨人的希望》《钟声》《热情的辛肖脱》等诗作。

1945年聂鲁达被选为国会议员，1948年右派势力上台，他被迫流亡国外，

1953年智利政权更迭后他才得以重返祖国，以创作来度过大部分时光。

1970年阿连德当政，聂鲁达被任命为驻法大使，两年后因病回国，病逝于圣地亚哥。

他的抒情诗《西班牙在我心中》、长诗《伐木者醒来吧》和诗集《葡萄园和风》代表了诗

人思想上和艺术上的最高成就。

※ 人

在精神疲乏的时刻，往事的印痕就在我的记忆中苏生，使我心中有一种凄凉
的感觉，而我的思想，就像秋天冷漠的太阳，照亮了混乱可怕的现实，不祥地在
这混沌世界的上空盘旋，无力升得更高，飞得更远。每当遇到这种精神疲乏的艰
苦时刻，我总要把人的雄伟形象召唤到我的面前。

人！仿佛有一轮红日在我的胸中升起，悲剧般完美的人就在这灿烂的阳光中

向着前方、向着高处缓缓地迈进！

我看见他高傲的前额和勇敢、深邃的眼睛，眼睛里闪耀着无畏的思想的光辉。一种雄伟的力量的光辉，这力量能够在疲惫的时刻创造神祇，又能在精神奋发的时代把神祇推翻。

他迷失在荒凉的宇宙中间，独自站在一小块以无法觉察的速度向无垠的空间深处飞奔的土地上，被"他为什么存在？"这个恼人的问题折磨着，沿着通往战胜天上人间一切奥秘的道路，向着前方，向着高处，勇敢地迈进！

他一面前进，一面用心血洒遍他的艰难、孤独而又光荣的道路，用这热血创造出永不凋谢的诗歌般的花朵；他巧妙地把发自他不肯安静的灵魂的哀号变成乐曲，把经验变成科学，每走一步都要把生活装点得更加美好，就像太阳用它的光华普照大地那样。他不断前进，向着高处，勇往直前！他是大地上指路的明星……

自由、高傲的人只是以时而像闪电、时而像宝剑那样冷静的思想的力量为武装，远远地走在众人前面，超越生活之上，独自置身于生活之谜当中，置身在他自己的种种错误之间……这些错误像沉重的石头那样压在他高傲的心上，使他的心灵受到创伤，折磨他的大脑，使他因为犯错误而羞愧万分，号召他把它们消灭干净。

他在前进！种种本能在他胸中嚎叫；自尊的声音像厚颜无耻的叫花子乞讨时那样令人嫌恶地诉苦；种种值得留恋的事物千丝万缕，像常青藤那样缠绕着他的心，吸吮他的热血，大声要求对它们的力量让步……七情六欲都想控制他；一切都渴望能够统治他的灵。

形形色色的生活琐事，就像地上的污泥和丑恶的癞蛤蟆，拦住他的去路。

就像行星环绕着太阳，人的创造精神的各种产物也紧紧地包围着他：他那永远得不到满足的爱情；友谊一瘸一拐地走着，远远跟在他后面；希望疲倦地在他前面走着；还有充满愤怒的憎恨，她手上那副忍耐的镣铐在丁当作响；而信仰则用忧郁的眼睛望着他不安的面孔，等着他投入自己安宁的怀抱……

他熟悉他所有这些可悲的侍从；他的创造精神的各种产物都是畸形的、不完善的、软弱的！他穿着陈旧真理的破衣，受过种种偏见的毒害，怀着敌意跟在思想后面，但赶不上思想的飞翔，就像乌鸦赶不上老鹰一样。她们同"思想"争讼着该谁领先，却难得同思想融成一股强大的、富有创造力的火焰。

这里还有人的永恒的旅伴，那缄口不言、神秘莫测的死亡，她时刻准备亲吻他那颗热烈的渴望生活的心。

他熟悉他所有这些不配的侍从，最后，他还熟悉一个叫疯狂的……

疯狂长着翅膀，像旋风一样强大猛烈，她用怀有敌意的目光监视着他，竭力鼓励思想，要拉思想去参加她野蛮的舞蹈……

只有思想——人的女友，只有同她才永不分离，只有思想的火焰才能照亮他前进道路上的障碍，打开人生之谜，揭示朦胧的大自然的奥秘，解开他心中漆黑一团的乱麻。

作为人的自由的女友，思想到处用炯炯的、锐利的目光观察一切，毫不徇情地揭露一切：

"爱情的狡猾庸俗的手段，她要占有情人的愿望，伤害别人的尊严和自轻自贱的想法，以及她背后的肉欲的肮脏的面孔；

"胆怯无力的希望，她背后的谎言，她的亲姐妹，花枝招展、浓妆艳抹、准备时刻用花言巧语去安慰也就是欺骗所有的人的谎言。"

思想在友谊的脆弱的心里揭示出她的谨小慎微，她的残酷、无聊的好奇心，以及嫉妒心的腐朽的斑点上生出来的诽谤的幼芽。

思想看到了凶恶的憎恨的力量，并且知道，如果取掉她的镣铐，她就会破坏人世间的一切，甚至连正义的幼芽也不宽恕！思想还发现不好动的信仰，企图奴役一切感情的无边权力欲，发现她隐藏起来的残暴的利爪，她的沉重而无力的翅膀，以及她没有眼珠的盲眼。

思想还要同死亡作斗争：自由的、不朽的思想，把动物造成人，创造出无数神祇、哲学体系以及能够打开世界之谜的钥匙——科学，她反对和敌视死亡这川毫无益处的、往往是凶狠得愚蠢的力量。对思想来说，死亡就是一个捡破烂的女人，她在后院走来走去，把破旧、腐烂、无用的废物收进她的肮脏的口袋，但有时也厚着脸皮偷窃完好、坚固的东西。

满身腐烂的气味、裹着使人恐怖的盖尸布，冷漠无情、没有个性、不露声色的死亡，永远像一个严峻的、难解的谜语一样站在人的面前；而像太阳一样灿烂夺目，能创造万物，充满疯狂的能悸，骄傲地意识到自己的不朽的思想，则锲而不舍地研究着死亡……

　　不肯安静的人就这样穿过人生之谜的可怕的黑暗，向着前方，向着高处迈进！不断向前，不断向上！

弗兰克

维克多·弗兰克（1905—1997），美国临床心理学家。

出生于奥地利，1930年在维也纳大学获得医学博士学位，1949年获得哲学博士学位。

第二次世界大战后，在美国国际大学执教，

并任哈佛大学、斯坦福大学、迪尤省大学和南卫理公会大学的访问教授。

弗兰克是纳粹集中营的生还者，言语疗法的奠基者，

他以自己在纳粹集中营的亲身经历，包括在臭名昭著的奥斯威辛集中营的经历，

阐述了他能支撑下来的唯一支柱是对生活意义的理解，

并由此提出言语疗法的理论与实践。

弗兰克的言语治疗是以"人类对意义的探索"为依据的，

因此他给他的成名作定名为《人类对意义的探索》。

其他著作有：《意义的意愿》《无意识的上帝》《听不见的要求意义的呼声》

《精神治疗和存在主义》《医生和心灵》等。

※ 活出意义来

生命的意义

生命的意义因人而异，因日而异，甚至因时而异。因此，我们不是问生命的一般意义为何，而是问在一个人存在的某一时刻中的特殊的生命意义为何。用概括性的措辞来回答这问题，正如我们去问一位下棋圣手说："大师，请告诉我在这世界上最好的一步棋如何下法？"根本没有所谓最好的一步棋，甚至也没有不错

的一步棋，而要看弈局中某一特殊局势，以及对手的人格形态而定。

生命中的每一种情境向人提出挑战，同时提出疑难要他去解决，因此生命意义的问题事实上应该颠倒过来。人不应该去问他的生命意义是什么。他必须要认清，"他"才是被询问的人。一言以蔽之，每一个人都被生命询问，而他只有用自己的生命才能回答此问题；只有以"负责"来答复生命。因此，"能够负责"是人类存在最重要的本质。

爱的意义

爱是进入另一个人最深人格核心的唯一方法。没有一个人能完全了解另一个人的本质精髓，除非爱他。借着心灵的爱情，我们才能看到所爱者的精髓特性。更甚者，我们还能看出所爱者潜藏着什么，这些潜力是应该实现却还未实现的。由于爱情，可以使所爱者真的去实现那些潜能。凭借使他理会到自己能够成为什么，应该成为什么，而使他原有的潜能发掘出来。

苦难的意义

当一个人遭遇到一种无可避免的、不能逃脱的情境，当他必须面对一个无法改变的命运——比如罹患了绝症或开刀也无效的癌症等等——他就等于得到一个最后机会，去实现最高的价值与最深的意义，即苦难的意义。这时，最重要的便是：他对苦难采取了什么态度?他用怎样的态度来承担他的痛苦?

我下面要引证一个清晰的例子：

一位年老的医师患了严重的忧郁症。两年前他最挚爱的妻子死了，此后他一直无法克服丧妻的痛苦。现在我怎样帮助他呢?我又应该跟他说些什么呢?我避免直接告诉他任何话语，反而问他："如果是您先离世，而尊夫人继续活着，那会是怎样的情境?"他说："喔! 对她来说这是可怕的! 她会遭受多大的痛苦啊! "于是我回答他说："现在她免除了这痛苦，那是因为您才使她免除的。所以您必须付代价，以继续活下去及哀悼来偿付您心爱的人免除痛苦的代价。"他不发一语地紧紧握住我的手，然后平静地离开我的诊所。痛苦在发现意义的时候，就不成为痛苦了。

东山魁夷

东山魁夷（1908—1999），日本当代著名风景画家、散文家。
主要作品有散文集《听泉》《和风景的对话》及《探求日本的美》等。

※ 一片树叶

当我把京都作为主要题材来创作我的组画的时候，想起了圆山闻名的夜樱。
我多想观赏一下那坠满枝头的繁盛的花朵，同那春宵的满月交相辉映的情景啊！

那是四月十日前后吧，我弄清楚当夜确实是阴历十五之后，就向京都进发。
白天，到圆山公园一看，却也幸运，樱花开得正旺，春天的太阳似乎同月夜良宵
相约似的，朗朗地照着。时至向晚，我已经参观了寂光院和三千院，看看时间已

到，就折向京都城里。

来到下鸭这地方，蓦然从车窗向外一望，东面天上不正飘浮着一轮又圆又大的月亮吗？我吃了一惊。本来我是想站在圆山的樱树林前，观赏那刚刚从东山露出笑脸的圆月。它一旦升上高空，就会失掉特有的风韵。我后悔不该在大原消磨那么多时光。

我急匆匆赶到圆山公园，稍稍松了口气。所幸，这儿靠近山峦，一时还望不见月亮的姿影。东山浸在碧青色的暮霭里，山前面一株枝条垂挂的樱树，披着绯红色华美的春装，仿佛将京都的春色完全凝聚于一身似的。地面上，不见一朵落花。

山头一片净明，月亮微微探出头来，静静地升上绛紫色的天空。这时，樱花仰望着月亮，月亮俯视着樱花。刹那之间，消尽了游春的灯火和杂沓的人影。四周阒无人声，只给月和花留下了清丽的好天地。

这也许就是常说的奇缘巧遇吧，花期短暂，难得碰上朗照的满月；再说，月华的胜景，也只限于今宵，要是碰上阴雨天气，就什么也看不到。此外，还必须有我这个欣赏者在场才成。

如果花儿常开不败，我们能永远活在地球上，那么花月相逢便不会引人如此动情。花开花落，方显出生命的灿烂光华；爱花赏花，更说明人对花木的无限珍惜。地球上瞬息即逝的事物，一旦有缘相遇，定会在人们的心里激起无限的喜悦。这不只限于樱花，即使路旁一棵无名小草，不是同样如此吗？

自然景物令人赏心悦目，这个体验是我在战争中获得的。那时想到自己的生命之火就要熄灭了，处在这样的境况里，才发觉自然景物却充满了旺盛的活力。于是，我受到了强烈的震动。过去在我的眼里，这些景物都是平淡无奇、不堪一顾的呢。

战争结束以后，在贫困的年代里，我也隐入苦难的深渊。冬天，我伫立在凄清寂寞的山峦上，大自然和我紧密相连，这才使我的心境感到充实而满足，我心中产生了对生活的切实而纯真的向往。打那时候起，我便开始了一个风景画家的生涯。

我所喜欢描绘的不是人迹罕至的景致，而是富有生活情趣的自然风物。然而，在我所描绘的风景里，可以说，几乎没有人物出现。其中一个理由是，我所描绘的风景是人们心灵的象征。我是通过自然景色本身，抒写人们的内心世界的。

我常常揣摩画面的内容，创作散文，这是我接触了清新的自然和素朴的形象之后引起的感动所致。在战后时代的急流勇进中，我有很多时候，是走着同时代相游离的道路的。现在看来，这条路算是对了。而且，我决心继续走下去。

人应当谦虚地看待自然和风景。为此，固然有必要出门旅行，同大自然直接接触，或深入异乡，领略一下当地人们的生活情趣。然而，就是我们住地周围，哪怕是庭院的一木一叶，只要用心观察，有时也能深刻地领略到生命的含义。

我注视着院子里的树木，更准确地说，是在凝望枝头上的一片树叶。而今，它泛着美丽的绿色，在夏日的阳光里闪耀着光辉。我想起当它还是幼芽的时候，我所看到的情景。那是去年初冬，就在这片新叶尚未吐露的地方，吊着一片干枯的黄叶，不久就脱离了枝条飘落到地上。就在原来的枝丫上，你这幼小的坚强的嫩芽，生机勃勃地诞生了。

任凭寒风猛吹，任凭大雪纷纷，你默默等待着春天，慢慢地在体内积攒着力量。一日清晨，微雨乍晴，我看到树枝上缀满粒粒珍珠，这是一枚枚新生的幼芽凝聚着雨水闪闪发光。于是我感到百草都在催芽，春天已经临近了。

春天终于来了，万木高高兴兴地吐翠了。然而，散落在地面上的陈叶，早已腐烂化作泥土了。

你迅速长成一片嫩叶，在初夏的太阳下浮绿泛金。对于柔弱的绿叶来说，初夏，既是生机旺盛的季节，也是最易遭受害虫侵蚀的季节。幸好，你平安地迎来了暑天，而今正同伙伴们织成浓密的青荫，遮蔽着枝头。

我预测着你的未来。到了仲夏，鸣蝉将在你的浓荫下长啸，等一场台风袭过，那哕哕蝉鸣变成了凄切的哀吟，天气也随之凉爽起来。蝉声一断，代之而来的是树根深处秋虫的合唱，这唧唧虫声，确也能为静寂的秋夜增添不少雅趣。

你的绿意，不知不觉黯然失色了，终于变成了一片黄叶，在冷雨里垂挂着。夜来秋风敲窗，第二天早晨起来，树枝上已经消失了你的踪影。只是到你所在的那个枝丫上又冒出了一个嫩芽。等到这个幼芽绽放绿意的时候，你早已零落地下，埋在泥土之中了。

这就是自然，不光是一片树叶，生活在世界上的万物，都有一个相同的归宿。一叶坠地，绝不是毫无意义的。正是这片片黄叶，换来了整个大树的盎然生机。这一片树叶的诞生和消亡，正标志着生命在四季里的不停转化。

同样，一个人的死关系着整个人类的生。死，固然是人人所不欢迎的。但是，只要你珍爱自己的生命，同时也珍爱他人的生命，那么，当你生命渐尽，行将回归大地的时候，你应当感到庆幸。这就是我观察庭院里的一片树叶所得的启示。不，这是那片树叶向我娓娓讲述的生死轮回的要谛。

（陈德文 译）

乌尔法特

古帕恰·乌尔法特（1909—1978），阿富汗作家、诗人。

主要作品有《散文选》《诗选》《谈写作》等。

其散文成就最高，代表作《两个葬礼》；

诗歌有《民族独立》《自由的微风》《祖国的话》等。

※ 生命之曲

一片寂静，万籁无声。生命之曲在沉默。

在这寂静中，意志失去生命，思想消失踪影。欢乐如同野鸟逃开人们。

我欲打破这寂静的幻变，操起手里的弦琴。

这弦琴是我从爱情之土、夜莺之乡取来的。

我的弦琴的声音非常甜美。

来吧，请坐下听我弹奏一曲。我不希望使意志死亡、心灵僵冷。

我为唤醒感情而来。

且待我拿起琴来奏上一曲。

啊？——怎么？

为什么这琴发不出声响？

琴身无损，琴弦依旧，却为何不发出声音？

糟糕透了，怎么会走了弦的呢？

我恍然大悟，原来这夜莺之乡的弦琴离开了四周的花丛就寂然无声。

这琴是与爱情相连的，弦就系在爱情的身上。

我应走进花园，在花圃旁拉起琴来。

我应该朝着那水仙的眼睛、玫瑰的笑脸、檀香的嫩枝和风信子蓬松的鬈发，在优美的花园里拉起琴来。

不然这寂静就不会消失，欢乐就不会来临。

这阴沉的乌云应该在太阳和月亮面前隐没。

这困锁夜莺的樊笼应该彻底打碎。

花园紧锁的门应该敞开，让欢乐进来，让情操与智慧的眼睛睁开。

缺少这些，生命之曲就不能产生幸福与欢乐。

※ 两个葬礼

同一天，同一个小时，从同一个医院里抬出了两副灵柩：那一个死于贫血，这一个死于高血压。那副灵柩只有四个人抬在肩膀上；这副灵柩的后面却尾随着数不清的大小汽车。那一个因为贫血死了；这一个却因为血量过多，血压过高，也不能久留人世。

他们俩都死了，但死亡原因却不一样。一个因为喝了别人的血，需要大夫抽血。另一个却因为血被别人吸去，没有血了。一个因为血量过多，另一个却因为血量太少而死亡。

那一个是穷人，死于贫困。对于他的死，巴赫达通讯社毫无所闻；而这一个的死，各家报纸都深表遗憾，并且在版面上印上了哀悼的黑色。

他们两人，一个是富翁，一个是雇工。不久前，富翁生病了，大夫把雇工的血输入富翁体内。雇工强壮的身上变弱了，富翁却因尽情吃、喝、玩、乐，在短短的时间内就患上了高血压症。

哪里有这样的富翁，哪里就有这样的事情，而一个人的死要由两个人来代替。使一方变弱另一方变强，结果是两个人的死。压迫者与被压迫者的结局必然如此。

在我们看来，这两种死都是自然的死，但实际上却是杀人与被杀，是一笔血债。在这两种死里也有杀人犯与被杀者，但警察们和官员们对此却一无所知，而这种精神上的杀害，他们已经司空见惯了。

这儿有这么个习惯，谁要是用枪杀了人或者用巴掌打了人，他们也还是要受到审讯的。可是，要是谁把别人的饭吃掉了，使人死于饥饿，那么这种杀人犯不会受到任何惩罚，谁也不认为这样被杀的人是牺牲者，谁也不会为他祷告。

我们看到的只是非常表面的现象，没有看到实质。我们的医生也全都和我们一样，不知道真正的病症是"压迫"，而有效的治疗方法是"公正"。

李夫西

多若西·李夫西（1909—1996），加拿大著名女诗人。
创作过九部诗集和两部散文作品，曾两次获得加拿大总督文学奖。

大师谈思想

163

※ 伤悼——为纪念我的父亲

使我感动的，是你的手

躺在我手里的样子，它没有萎缩

却有点温暖，像只为凉快浸入泉水

拨发出汩汩声的手，又像只小鸟

陷入了罗网，翅羽被牢牢缠住，双眼瞪视，

却依然充满惊惧，

心脏在嘶声呐喊，表露着希望——

你的手也是这样，你死去的手，我的至爱。

还有你的脉管，仍在奔涌，像蓝色江河

朝向探索的指尖，

那是四海汇合的三角洲——

你手指如海岬伸向无声的空气，

仍呈玫瑰色——不是白垩（像

你自幼熟稔的怀特岛的巉岩）：

而是绯红，如你曾追求的朝阳；

而且坚韧，得自果园里的劳动；

并染上紫色，自一支盛开的鸢尾

与装点某房间而栽植的紫堇。

那双手不断寻求彩陶、嵌丝器皿、

中国漆器与牙雕、

布鲁塞尔花边以及一件胡桃木工艺品，

雕刻它的那只手早已化为磷火。

使我感动的，是你的手

驾驭生活的方式，虽然脉搏已经停息。

这手会木匠活，做过一把儿童小椅，

为一座楼梯刻了花，

攥紧向前猛扑的恶犬的皮带，

握住方向盘，转动船帆，

轻抖勒马的缰绳

然后又

在棋盘上移动城府极深的王与后，

甩出一张张扑克，切面包，往

杯子里倒嘶嘶响的热茶；

这手如此文雅与灵巧

却会使打网球的对手胆战心惊，

它写下一连串发出回响的动词、名词

音调铿锵——

这手不舍得打孩子，却能

敲响丧钟把一个人送向死亡。

此刻在这简朴的房间里一动不动

但这手仍然在说话：

当头脑变得神志不清，

当紧闭的嘴唇闭得更紧，

当羞怯、打量人的眼睛里

光焰熄灭不再盯视大海的翠绿——

在这一切以后，这手仍在呼吸，在紧紧把握生活；

要求得到全部，要建立起那场斗争。

使我感动的，是你的手

凉凉地躺在我手里的样子，它没有萎缩；

正如鸟雀仍在呼吸，清泉仍在流淌——

你的手也是这样，你死去的手，我的至爱。

（李文俊 译）

埃利蒂斯

奥底修斯·埃利蒂斯（1911—1996），原名为奥底修斯·阿历波德利斯，
希腊杰出的现代诗人。主要作品有《方向》《理所当然》《纳塔希亚别墅》等。
其中长篇组诗《理所当然》被公认为20世纪的杰作。
1979年埃利蒂斯获诺贝尔文学奖。

※ 夏天的躯体

在蚂蚁和蜥蜴的上空

已经很久很久没听到雨声

如今太阳没完没了地晒着

果树涂抹了自己的嘴唇

大地的毛孔慢慢地张开了

在涓涓作响的溪畔

一株大树凝视着炎日的瞳仁。

这是谁，在那边海滩上摊开手脚

抽着银灰色橄榄叶的烟，仰天而卧？

蟋蟀在他耳里警告低鸣

蚂蚁赶忙来到他胸脯上操作

蜥蜴在他腋窝的荒草中滑行

而那个派它来的小海妖在唱歌：

"啊，夏日赤裸的躯体，烤焦了

又被油盐不断地侵蚀掉

岩石的身躯，心脏的震颤

疾风在杨柳发丝间的飘摇

弯弯腹股沟上的紫苏香味

满是小小星辰和松针的阴阜

深奥的躯体啊，白昼的容槽！

"迟雨降临，猛袭的电子

扫过被寒风利爪抽打的陆地

带着粗野的巨浪沉落于海底

而群山高竿，插入密云的乳房里

但在这一切后面你漠然微笑

再一次找到了你永生的时日

当你又被太阳发现在沙滩上

被蓝天发现洋溢着赤裸的活力。"

（李野光 译）

田宫虎彦

田宫虎彦（1911—1988），日本小说家。

主要作品有《雾中》《银泉悲剧》《一个女人的一生》《红山茶》等。

※ 母子别

　　昨天，在进入八岳山麓一里来地的乙事村马市交易上出售的小马，今天在母马的陪同下，被牵到了富士山火车站。它们即将被装入货车运往遥远的异乡。一时，由站前广场到站内的备用路线上，到处都是这种母子马。小马体高如鹿，并且有着小鹿那般笔直而又苗条的小腿。它把鼻子贴在高大健壮的母马胸部，亲昵地蹭来蹭去。虽然它已长大了，可以离开母亲的膝下，但它却仍旧紧紧依偎着母亲，那怯生生的眼睛里，充满了幼小动物的不安神色。

这些小马和母马清楚地意识到生离死别的时刻已迫在眼前，它们相对哀鸣着，那低沉的嘶声，好像从咽喉里勉强挤出，如同喃喃自语，又如窃窃私语。

低鸣时，母马宛如已经学会逆来顺受的老妇，她眼含热泪，用那戴上勒口失去自由的嘴巴，不住地上下抚摸着小马的身躯。可是小马似乎还不能理解自己必须离开母亲的这种命运，在它眼中看不见绝望的神情，它只是如癫如狂，极端痛苦，它不愿离开生母，如果可能，它要抗拒这种命运。在它的嘶鸣声中，在它用力跺着细弱的小腿，用蹄子踢起泥土的动作中，逐渐地清楚而又强烈地流露出它对母亲的责难与焦急。因为母亲完全顺从命运、软弱无能，小马十分明白时间白白地过去了。

就在此时，小马的旧主人拿着刚刚割下的青草来喂它，想让它尽情地饱餐一顿。若在平时，它一定会跳上去抢着吃的。可是今天，当主人从桶内把青草抓起来送到它口边时，它却背过脸去看也不看，它一点都不想吃。主人无奈，只好把青草送到母马的嘴边。母马大概也不想吃，只不过为敷衍一下主人，才叼起四五根草。她瞅了瞅小马，似乎是催着它说："香极了，快吃吧！"小马也似乎无可奈何地把嘴伸进桶中，可是它似乎也在敷衍差事，只衔起两三根草。

汽笛响了，从备用路线的货车上走出来的马贩子们三三两两地迈着罗圈腿，朝广场走来。一看到自己的卖主，便走到小马身边，他们像是欣赏一件物品似的，仔细地打量小马。似乎是要再次确认一下自己昨天买马时眼力是否有误差。这是冷冰冰的令人厌恶的眼，人们常说的魔鬼的眼睛也许就是这个样子吧。小马向母亲靠得更紧了。有的甚至要藏到母亲的腹下。可是当马贩子狡诈地一笑，认定自己眼力没错时，他已经把小马的缰绳抓在手中了。他的手十分有力。虽然小马瞬间脚下加劲，想要挣脱出来，马贩子的腕力却告诉小马，这样做是徒劳的。马贩子的手上也有着他眼里的那种魔鬼。所谓命运，就是如此。小马终于在恐怖之中，也悟到不得不认命了。它向马贩子那边走了一步，这是向命运迈出的一步。小马发出悲哀的哭泣，不，那是嘶鸣！于是，刚才一直强忍着悲痛的母亲口中也迸发出高亢的惜别的哀鸣。

从它那睁开的红色大眼中，泪水顺着长长的鼻梁，一滴两滴地滚落下来。母马跺着前脚，徒劳地用蹄子咚咚地刨着地面，用后腿支撑住身体。它拼命挣扎着要把儿子呼唤回来。刚才对命运已经低头绝望的不正是母马吗？现在却轮到小马了。

小马频频回首，痛苦地望着狂乱的母亲，一步步地被拉到火车站内。母马每悲叫一声，小马便停下脚步，紧紧绷住马贩子的缰绳，回首翘望，并报以一声哀鸣。小马已经知道悲痛欲绝的不光是自己，三四十匹小马，一个接一个地都被他们从母亲身边夺走了。当小马被装上货车、用绳索拴在那里之后，一群群的母马跑到站口的栅栏边，它们要再看一眼已经看不清楚的儿子，作最后的告别。小马从货车敞开的铁门里，凝望着惜别的母亲。它已被牢牢拴住，无法把头伸到门口，只能高声地悲怆地呼叫着母亲。这些母子间的嘶鸣呼唤之声响成一片，直到开车为止。尽管有三四十对母子，但母亲一定能清楚地听出自己儿子的声音；儿子也一定能真切地辨认出母亲的呼唤。它们相互呼喊着。

（庞春兰 译）

约翰·麦克唐纳

约翰·麦克唐纳（1916—1986），美国著名惊险小说家，

也创作过一些非小说类的文学作品。代表作《年轻的强盗》《一串钥匙》《公寓》等。

※ 生命何必以心跳来衡量？

　　我是一名普通外科医生，几乎同每一种癌症都打过交道。我亲眼见过一些病人死于小小的肿瘤，一些活着的病人长着大大的肿瘤。我也见过病人和他们的亲友脸上那种震惊的表情，因为我不得不告诉他们："对，是恶性的。"

　　虽然外科医生在治疗癌症患者时，必须保持职业的镇静，但当别的医生告知

你，你或你至爱的人得了癌症时，癌症就离你不再遥远，成了你自己必须面对的强大的敌人。

这种可怕的通知我已领受过两次。第一次差不多是在十年前，我的第一位妻子玛莉怀孕八个月时患了白血病；第二次是在三年多前，那是我刚刚做了心脏手术四个月后，一次偶尔的X光检查时，发现我左肺部有一块淡淡的阴影。

十年前的一个早上，玛莉首先发现她的一只手臂上长了些看似紫癜的斑（针尖大小的出血点），我便带她去做血液检查。后来我们办公室的电话铃响了，是肯巴特勒医生打来的，他是我在多伦多圣迈克尔医院的同事，该院的血液病专家。

他说："约翰，我得告诉你一个让人震惊的消息，玛莉的血小板的数量只有两万个，而且在她的血涂片上，我根本看不到血小板。我得马上给她做骨髓检查。"

我顿时惊呆了，他的话重重地给了我当头一棒。

下午，我来到玛莉的房间，她直截了当地问我："约翰，不会是白血病吧?"

我吞吞吐吐地答道："听着，宝贝儿，别往最坏处想，紫癜的起因有上百种。你的血小板这么少，万一出血，我们担心你会有危险，而你还有三个星期就到预产期了，所以肯希望你马上住院检查。我保证等孩子出生以后，你就会好的。"

可我的这些谎话骗不了她。

"我要叫牧师吗?"她问我。

"如果这样能让你舒服，就叫吧。"

第二天早上，我在家里接到肯的电话，我听得出，他控制着说话的语气，尽量显得平静："约翰，今天早上你能来吗?我想在7C区跟你谈谈，大概十点钟左右。"

一位好医生是不会在电话里通报坏消息的。我本能地感到肯一定有什么不幸的消息要告诉我。放下电话，我只觉得透不过气来，默念："哦，上帝，不! 不要这样！"

十点整，我见到肯巴特勒医生。"怎么样，肯?"

他答道："玛莉患的是急性骨髓白血病。"

我不禁潸然泪下，等我平静下来，我问道："有没有好的可能?"

"除非她的病情能减轻，不然她大概只有六周到八周的时间了。"

他的预计竟毫无差错。我们的孩子，是个男孩，倒是活了下来——白血病并没有通过胎盘侵入他的体内。

先是得知玛莉患了绝症，然后又知道自己得了癌症。这经历使我清楚，得知癌症的消息对家人的打击比对患者本人更大。但作为患者，我又深知诊断为癌症比诊断为任何疾病都更可怕。即使是当我得知自己需要做一次心脏手术时，我也没感到可怕，反而还颇感轻松，心想手术后就可以痊愈，可以恢复健康了。

但我完全没料到会发现我患有癌症。

那是手术后不久，我准备休假一周去打鸭子，可觉得右胸口伤口附近疼痛，就在启程前几天做了一次X光检查，然后就把这事给忘了。我回来后的第二天早上，1975年10月8日，我的心外科医生克莱尔贝克打来电话。

"约翰，是关于你的胸部X光片的，布鲁斯博德想再多拍些片子。"布鲁斯是我们放射科的主任医师。

"片子上有问题吗?"

"哦，就是左肺肺叶有些疤痕，可能是手术后遗症。你若能来，他今天早上就能给你拍片。"

我洗澡时，渐渐觉得刚才那个电话是个不祥之兆。手术后的四个月来，我已拍过许多X光片，都没什么问题，怎么唯独这次有疤痕?而且我是右胸疼而不是左胸。肯定又发现什么新问题了。

在布鲁斯的办公室，他把我的胸片放在观片箱上，我便经历了一生中最为惨痛的一幕——亲眼看到自己左肺的癌瘤。

我不相信自己的眼睛，觉得心口发闷，得出去透透气。我跟跟跄跄奔下楼，穿过大街，来到圣迈克尔大教堂。我跪在长凳上，却连祈祷的力气都没有了，只觉得自怜、绝望。圣迈克尔大教堂的钟声响起来了，我想起了约翰多恩的诗句："……不要打听丧钟为谁而鸣，丧钟为你而鸣。"

人们从初次听到自己身患癌症时的战栗中恢复过来以后，紧接着会想："我得的癌症究竟有多糟？""我还能活多久？"大多数人都能咬牙接受这残酷的现实。的确，我就经常惊叹于我的病人在得知实情后表现出来的勇气，常问自己："如果我得了癌症，我能这么勇敢吗？"可是一旦重振精神，你就不再为自己难过，而真正开始了同癌症的斗争。

这时，我们医生就会听到病人说："医生，你怎么治我的病都行，我不会泄气的。"

海明威曾写道："勇气就是面对痛苦泰然自若。"我更欣赏18世纪意大利作家维多利奥阿尔费里的话："对勇气的考验往往不是去死，而是求生。"面对疾病，与它同在——这就是勇气。

"希望"是我们治疗癌症最有效的"药物"，没有一种癌症（无论在任何阶段）是不可治疗的。把希望注入病人内心，我们就能帮助他以积极的态度同疾病作斗争。这也许有些不合逻辑，无根无据，但许多医生都相信，要使癌症治疗有效，这必须是治疗的一部分。

我曾先后与两位美丽贤淑的妻子共度欢乐时光，我也体验过为人父母的幸福和八个孩子的爱。我的工作总是忙碌而充实，富有挑战。我酷爱音乐与书籍，喜欢芭蕾和戏剧。我常沉醉于健身运动、网球、高尔夫球、冰上溜石、打猎和垂钓。我的餐桌上有美酒和佳肴，我的家里洋溢着温馨与幸福。

但自从我知道我的生命已不长久，我的生活态度改变了。"这是你所剩生命的第一天。"这话对我有实实在在的意义。我倍加珍惜每个阳光灿烂的日子、每朵鲜花和每声鸟鸣。我们何曾体味过此种乐趣：呼吸畅快、吞咽自如、行走轻便、睡眠香甜？

患病之后，我着手处理一些从前搁置下来的事。我读了原本打算退休后再读的书，还自己写了本书，名为《外科术》。我与妻子马德琳共度了更多的假日。我们常去打网球，尽情地玩冰上溜石游戏，还带儿子们去钓鱼。每每回首患癌症后的这几年时光，我觉得仿佛在许多方面我又过了一生。上次在巴哈马度假时，我沿海滩散步，海浪轻抚着我的双脚，蓦然间，我觉得自己融入了整个宇宙，尽管只是微不足道的一分子，渺小得如海滩上的一粒细沙。

尽管我不得已减少了工作量，但觉得自己与病人更容易沟通了。每次走进"重症监护室"，想到自己也曾是这里的病人，敬畏之情油然而生。经历过得知身患癌症的极度痛苦后，我依然能享受生活的欢乐。因此，安慰我的癌症病人便成了我的特别乐事。

　　一次，一位病人刚做过喉切除手术，我问他是否想喝冰镇啤酒，并给他端来一杯，我看见他眼中闪烁着光辉，此时此刻，我感到一股暖流涌遍全身。

　　假如我们意识到人的生命只是宇宙中一个微小的瞬间，那么，用年月来计算的生命就不会像我们想象的那般重要。何必以心跳来衡量生命呢?如果生命如此依赖心脏跳动这一极不可靠的人体机能，那么生命就实在太脆弱了。我们唯一可以绝对依赖的只有死亡。

　　我相信，死亡是人生中最重要的部分。

　　我相信，人的生命与漫长的永恒相比只是短暂的一瞬。我相信，凭我的宗教信仰相信，在死后无法描述的日子里，我将"回归圣父"。我相信，我的生命虽短，但经历丰富，我拥有欢乐、爱与成就。我相信，我死后将永远活在我至爱的人们——我的母亲、兄弟、妻子、儿女和朋友心中。我相信，我会在他们的陪伴下离去，并希望，获得上帝那崇高的恩赐——带着尊严，安详地告别人世。

泰斯特

罗伯特·泰斯特（1921—1998），美国散文作家。
作品以个人生命体验为主题，广泛地反映人的生存问题。
代表作有《我所面对的世界》。

大
师
谈
思
想

179

※ 记住我

　　这天终将来临——在一所出生和死亡接踵而来的医院内，我的身躯躺在一块洁白的床单上，床单的四角整齐地塞在床垫里。在某一时刻，医生将确诊我的大脑已经停止思维，我的生命实际上已经到此结束。

　　当这一时刻来临时，请不必在我身上装置起搏器，人为地延长我的生命。请不要把床叫做临终之床，把它称为生命之床吧。请把我的躯体从这张生命之床上移走，去帮助其他人过上更加美好的生活。

把我的双眼献给一位从未见过一次日出，从未见过一张婴儿的小脸蛋或者从未见过一眼女人眼中流露出的爱情的人；把我的心脏献给一位心肌失能、心痛终日的人；把我的鲜血献给一位在车祸中幸免死亡的少年，使他也许能看到自己的子孙尽情嬉戏；把我的肾脏献给一位依靠人造肾脏年复一年生存艰难的人。拿走我身上每一根骨头，每一束肌肉，每一丝纤维，把这些统统拿尽，丝毫不剩，想方设法能使跛脚小孩重新行走自如。

探究我大脑的每一个角落。如有必要，取出我的细胞，让它们生长，以便有朝一日一个哑儿能在棒球场上欢呼，一位聋女能听到雨滴敲打窗子的声音。

将我身上其余的一切燃成灰烬。将这些灰烬迎风散去，化为肥料，滋润百花。

如果你一定要埋葬一些东西，就请埋葬我的缺点、我的胆怯和我对待同伴们的所有偏见吧。把我的罪恶送给魔鬼，把我的灵魂交付上帝。

如果万一你想记住我，那么就请你用善良的言行去帮助那些需要得到你帮助的人们吧，假如你的所作所为无负我的心，我将与世长存。

吕克尔

吕克尔（1924—），德国剧作家。

主要作品有《黑森林》《靠窗的位置》等。

散文作品清新明丽，情景交融。

大师谈思想

181

※ 堂吉诃德的路

　　太阳在微笑，天空是一片亮蓝色，快乐的云雀唱着欢歌。年老的橡树们亲密地私语着，互相报告一些秘密的喜讯。山谷里溪水愉快地谈着闲话，欢笑地跳过光滑的石子堆，急不可耐地向着蓝色地平线跑去。什么也不能把它留在一个固定的地方；它过的是一种流动不息的生活，它竭力避免沾染上任何的固定性。

　　一股微风吹动草原的绿色地毯，花草都沐浴在朝露中，从那千万颗露水里映出来无数像童话中的幻境那样的奇迹。成群的蝴蝶在芬芳的花朵上飞来飞去，安静地畅饮着香甜的琼浆。它们享受着极丰盛的款待；它们不间断地参加宴会，拿那些沉醉的鲜花的甜液和香味来滋养它们这短促的生命。蜜蜂在温暖的空气中营营地叫着，树丛里传出来各种小鸟的叫声，大群的蚊蚋在金色日光中快乐地飞舞。树荫下蜥蜴们在古老的石头间窜来窜去，当一道移动的日光从摇曳的绿叶丛中漏下来，在地上织就千百种花样的时候，蜥蜴们的身上也闪烁着魔法般的光辉。

从邻村中传来清晰的铁锤敲击声和老铁匠的歌声，那时老铁匠忙碌地挥动着他那强壮的手臂，把那隐藏在坚硬钢铁中的音乐敲出来。一缕白烟徐缓地上升，消失在蓝空里，它像一个被法术释放了的拘禁的鬼魂似的隐去了。整个世界都好像是极美丽的，自由自在的，一幅多么欢乐的图画，一个多么幸福的景象。太阳在笑。连整个空间都在笑，从每一丛灌木中发出顽皮的嬉笑声，仿佛一切把灵魂拖进深渊不让它碰到复活的机会的尘世的艰苦都跟着黑夜一块儿消失了。

全拉·满治的人都穿着漂亮的节日衣服，正在向全世界讲述一个愉快的故事：他们中间有一个人出发去解放人类，把人类从历代相传的苦难中解救出来。在他之前已经有许多人骑着马走到遥远的地方去了，他们不怕死，不怕艰苦，去找寻那个引诱人的艾尔·多拉多，一直到现在还没有一个人敲过它的门，因为多少行吟诗人歌唱的幸福时代始终不曾实现。在很远很远的地方，越过了那个作为我们最大渴望的终极目标的地平线，有着一个失去的天堂，四周用红金丝网篱围着，这是一个生命与欢乐之谷，在那儿任何的心愿都可以实现，一切的欢乐都是纯洁的。这是一个不知名的大海中的一块绿岛，它的那种奇异而动人的光辉从远远一片蓝色中闪露出来，召唤着人们，它的景象落进人们的充满痛苦的心中像一个温柔的梦似的，这梦开出无数鲜艳的花朵，这梦促使英雄们动身走上那激烈战斗的路。

他们是那个远方景象邀请去的特选人，他们是守护理想的"圣杯武士"，他们是不怕死的勇士，为梦境所陶醉，不停步地守护基督末次晚餐中所用的杯子（据说基督被钉死在十字架后约瑟就用这杯子承接圣血）的武士。ElDorado（西班牙文：金人）即传说中南美洲的黄金国。

走向星星的国土和奇迹的土地。可是没有一个人回到他的家乡。他们不停步地浪游，一直到他们的眼睛昏花，一直到他们的活力耗尽；他们最后便死在异地，没有人哭他们，奇迹离他们还远得很，家乡也是同样地远。

他们中有的骨头躺在炎热沙漠上，逐渐发白；有的身体在阴暗树林中腐朽，死亡把它们全扫进深坑里去；死亡像影子似的跟在他们背后。然而别人又出来追随这逐渐消淡的足迹，向那永恒不变的命运挑战，因为在他们的耳边老是响着一个深沉的呼唤声，他们的眼睛看见一个遥远的充满着奇珍的国土。这个国土引诱着他们，在召唤他们去，它像海妖的歌那样不可抗拒地迷惑了他们的感官，终于使得他们再也静不下心来，便动身去找寻那些从远远一片蓝色中梦似的召唤着人们的未知的世界。

现在一个新的英雄出现了，他的乡村再也留不住他，他到外面世界中去，作被压迫阶级的保护者，作美德与正义的守护人，在这个世界上再也找不到一个比他更高贵的了。他要用他的强壮的手臂庇护无辜的人，铲除专横与暴虐，让世界上的人过着幸福的日子。所以今天全拉·满洽都穿上漂亮的节日衣服，像一个穿上结婚装的娇美的新娘那样甜甜地在微笑着；空中散落下玫瑰花瓣。

邦达列夫

尤里·瓦西里耶维奇·邦达列夫（1924—），俄罗斯作家。
卫国战争时期当过炮兵中尉，因反映卫国战争题材的中篇小说《营请求炮火支援》
和《最后的炮轰》而被称为写"战壕真实"派和"前线一代"的代表作家。

※ 瞬间

她紧紧依偎着他，说道："天啊，青春消逝得有多快！……我们可曾相爱还
是从未有过爱情，这一切怎么能忘记呢？从咱俩初次相见至今有多少年了——是
过了一小时，还是过了一辈子？"

灯熄了，窗外一片漆黑，大街上那低沉的嘈杂声正在渐渐地平静下来。闹
钟在柔和的夜色中滴答滴答地响中不停，钟已上弦，闹钟拨到了早晨六点半（这

些他都知道），一切依然如故。眼前的黑暗必将被明日的晨曦所代替，跟平日一样，起床、洗脸、做操、吃早饭、上班工作……

突然，他有一种奇怪的感觉，似乎这脱离人的意识而日夜运转的时间车轮停止了运动，他仿佛飘飘忽忽地离开了家门，滑进了一个无底的深渊。那么既无白昼，也无夜晚，既无黑暗，也无光亮，一切都毋须记忆。他觉得自己已变成了一个失去躯体的影子，一个看不见、摸不着的隐身人，没有身长和外形，没有过去和现在，没有经历、欲望、夙愿、恐惧，也不知道自己已经活了多少年。

刹那间他的一生被浓缩了，结束了。他不能追忆流逝的岁月、发生的往事、实现的愿望，不能回溯青春、爱情、生儿育女以及体魄健壮带来的欢乐（过去的日子突然烟消云散，无影无踪。）他不能憧憬未来——一粒在浩瀚的宇宙中孤零零的、注定要消失在黑的空间的沙土是否也有同样的感受呢？

然而，这毕竟不是一粒沙土的瞬间，而是一个上了年纪的人在他心衰力竭的刹那间的感觉。由于他领会到并且体验了老年和孤寂向他启开大门时的痛苦，一股难以忍受的怜悯之情油然而生。他怜悯自己，怜悯这个他深深爱恋的女人。他们朝夕相处，分享人生的悲欢，没有她，他不可能设想自己将如何生活。他想到，妻子一向沉着稳重，居然也叹息光阴似箭，看来失去的一切不仅仅是与他一人有关。他用冰冷的嘴唇亲吻了她，轻轻地说了一句："晚安，亲爱的。"

他闭眼躺着，轻声地呼吸着，他感到可怕。那通向暮年深渊的大门敞开的一瞬间，他想起了死亡来临的时刻——而他的失去对青春记忆的灵魂也就将无家可归，飘泊他乡。

※ 人的信念

我们恐怕不能解释，为什么给人的期限不是900年，而是70年？为什么青春是如此闪电般迅速和短暂？为什么衰老又是如此漫长？我们也无法找到回答：有时善与恶就像原因和后果一样不能分离。

无论这是多么痛苦，但是却不值得去重新评价人对自己在地球上的位置的理解——大多数人都没有被赋予去认识生存意义，认识自己生命意义的能力。一定得度过赋予你的生命的期限，才有根据说你生活的正确与否。

怎样按别的方式思考这个问题呢？是用可能性和教益性的命中注定的抽象思辨吗？但是人总是不愿意承认他只是地球这粒尘屑中极微小的一分子，从宇宙的高度是根本看不见他的，而且他不能认识自己，因而粗鲁地深信他能了解宇宙的秘密和规律，当然也就能使它们服从自己日常的利益。人是否知道，他是被命中注定要死亡的？

……这个令人不安的想法仅是偶尔在他意识中闪现，他总是在摆脱这个想法，他自卫，以希望聊以自慰，总想着：不，那不祥的、不可避免的事情不会在明天发生，还有的是时间，还有10年，5年，2年，1年，还有几个月……

人们不想和生命分手，虽然大多数人的生活并不是由巨大的痛苦和巨大的欢乐所组成，而是由劳动的汗味和简单的肉体满足所组成。但在这一切的同时，许多人却是以无底的塌陷将他们相互分隔开来，只有经常会折断的爱和艺术的细竿有时会将他们联结到一起。但是，由清醒的理智和想象所产生出来的人类意识终究包含着整个宇宙，包含着它星星般发出的种种神秘的冰凉的恐怖，也包含着人的诞生及短暂生命的具有规律的偶然性悲剧。但即使这样不知为什么也没有引起绝望，也没有使他的行为具有毫无意义的枉然感，这就像聪明的蚂蚁总是不停止它们孜孜不倦的工作，显然，它们是为了让工作有用而操心。

人似乎觉得他在地球上有至高无上的权力，所以他确信他是不朽的。他长期以来一直没有想到，夏天会变为秋天，青春会变为衰老，甚至最亮的星星也会熄灭。在他的信念里的是运动、能量、行为和热情的动力，而在他的傲慢里的是观众的轻率，他深信生活的影片将会不断地持续放映下去。

何塞·路易斯·贡萨莱斯（1926—1996），波多黎各著名儿童文学作家。
他的作品大多以劳动人民的痛苦、种族歧视的凶残为题材。
主要作品有《五个流血的故事》《流落街头的孩子》《巴依莎》《在这个地方》
等短篇小说集。

※ 铅盒里的秘密

　　两年以前，从朝鲜运回来一个铅盒子，的确，是一个铅盒子，是用铅铸的盒子，任何人也打不开，里面装的到底是什么?据说是堂娜米娅妈妈儿子的尸体。她的儿子名叫蒙丘，死在朝鲜了，这件事简直把妈妈急疯了。妈妈多么想看一眼自己的儿子呵，哪怕看完之后再埋掉呢！好了，还是让我从头来讲这个真实的事吧。

蒙丘被派到了朝鲜，当了六个月的美国炮灰，就失踪了。妈妈接到当局寄来的公函，说蒙丘已被列入失踪士兵的名单之中。这份公函是从美国发来的，妈妈不懂英文，就让一位邻居念了念。妈妈一听到这个消息，躲在屋里哭了三天三夜。女邻居去给妈妈送甜酒，妈妈也不给开门。

蒙丘失踪了?大杂院里七嘴八舌议论欢了。原来我们都相信是真的失踪了，说不定是在山里迷失了方向，但总有一天会回来呵！可是，另外一些邻居说可能当了俘虏，打完仗以后也许被遣送回国。持上述两种看法的人分成了两派，一种是"迷路派"，一种是"俘虏派"。两派人一吃过晚饭就围在院子里争论不休……其实我们不少人心里很明白，只是不好张口：蒙丘失踪也好，当俘虏也好，都不是真的，真实情况准是他死了。我心里一直就是这样想的，不过，这话一直闷在肚里。因为在未得到确切消息之前，就猜人家死了孩子，这样说很对不起好朋友。何况，蒙丘就是在这个大杂院生的，哪能这样诅咒一块儿玩过的好同伴呢?不过，我们只是人为地分成两种意见，要不然我们晚饭后就没话题了。

第一份公函来了两个月以后，又来了一份公函，也是用英文写的，还是请那位邻居念的。这份公函说得很确切，终于找到了蒙丘……的……尸体。堂娜米娅一听，失声哭了起来。我们知道原来的猜测毕竟成了事实。当天下午，大杂院的邻居们都挤到妈妈的小屋里安慰她……

堂娜米娅已经哭傻了，两只眼睛直勾勾地瞪着蒙丘的照片：他穿着一身军服，身后是一面美国国旗，旁边有一只老鹰，老鹰的爪子抓着一束箭，蒙丘就站在国旗和老鹰爪子之间。邻居们扶着堂娜米娅躺到了床上，陆续退到院子中间。人们不再议论了，蒙丘肯定死了，瞎猜半天还有什么用呢?

话说又过了三个月，一天下午，突然来了一辆卡车，四名军事警察背着枪戴着白手套来了。

一

中尉军官是四名军警的指挥官，腰里别着一支手枪，两只拳头叉在腰的两侧，劈着八字腿，立在街中心，望着大院门，那副神情真像我们欠了他的钱，他找上门来要旧账一样。他把脑袋瓜扭了扭，对卡车上的军警说：

"没错儿，是这里。快下车！"

四名军警中有两名军警抬着一个盒子，这个盒子比棺材要小得多，只是上面覆盖着一面美国国旗。

我们住的这个大杂院有二十个门户，每扇门里都住着一户人家，门上既没有牌号也没有住房的姓名，所以，那个中尉就向路边瞧热闹的邻居询问堂娜米娅妈妈的住房。邻居们告诉中尉，说她住在左排第四个门，然后就跟着这五名军人走进了大杂院。人们都盯着国旗下面的铅盒：里面有什么秘密呢？

中尉对尾随进来的邻居们很讨厌。他用戴着白手套的手，叩堂娜米娅的屋门。门开了，中尉问道："您是寡妇堂娜米娅太太吗？"

"什么？"妈妈似乎没有听懂中尉的问话，她把来的一名军官、四名军警、许多邻居，都打量了一番，最后瞧了瞧那个盒子。

"太太，您是蒙丘的妈妈？"

堂娜米娅又瞧了瞧那个盖着美国国旗的盒子，然后指着盒子问道："这是什么？"

中尉强忍着脾气又问道："您是……"

"我问你，那是什么？"堂娜米娅的声音都颤抖了。女人们一遇到飞来的横祸，说话时都哆哆嗦嗦，"你说呀！那究竟是什么？"

中尉扭过头一看，人们眼睛里都朝他射来一种怀疑的目光，等他再转回头来的时候，嘴巴里却好像被塞上了东西，连平常很熟的话也说得吞吞吐吐了："太太……那是美国军队……"

于是，军官重新开始说："太太，您的儿子蒙丘军士……"

堂娜米娅失声大哭起来，凄惨的哭声简直把嗓子都撕裂了。中尉还说了一些话，但是人们无法听清楚，也实在听不进去了。

我和邻居们都挤在那几名军警的背后，也不知是谁在后面用力一推，人们就熙熙攘攘、前拥后挤地走进了堂娜米娅的屋子里。一位女邻居瞧见堂娜米娅想用尖指甲抓毁自己的脸，就赶紧一把拽住了她的手，喊人去拿橘花露。那名中尉军官急得直嚷："镇静！镇静！……"嚷了半天，没人理睬他，反而招来了更多的邻居来看热闹，把屋里搅成了一锅粥。人们把堂娜米娅妈妈搀到另一间屋子里，给她喝了点镇静情绪的橘花露，让她躺在床上。

中尉装成一副笑容可掬的样子，对另一间屋里的男人们说："看来，你们都是蒙丘军士的生前友好啰？"

谁也没吱声。中尉又继续说："请各位朋友帮帮忙，请女士们保持肃静，请各位在屋子中间摆上那张桌子，我们好把盒子放在上面，我们要给蒙丘军士守灵。"

我们之中有人第一次讲话了。这个人是索特洛·巴涅大叔，他过去和蒙丘的爸爸一起当过码头工人，蒙丘的爸爸拉米莱斯已经去世了。巴涅大叔用手指着那个盖着美国国旗的盒子问中尉军官："这里面是……这里面是……"

"您认识蒙丘军士吗?那里是他的遗体。"

"我是蒙丘的教父，他是我的教子……"巴涅大叔说话的声音很轻，好像有说不完的话。

中尉说道："蒙丘军士是执勤时升天的。"

以后就没有人再说话了。

下午五点时，屋里挤满了人。等到了晚上，整个街区的人都把院子挤得水泄不通了，不少人还站在路旁……屋里的女邻居出出进进地找东西，把情况告诉给外面的人：

"堂娜米娅神志好一些了，很快就能走动了。"

四名军警开始守灵，他们把步枪扛上肩，分别站在盖有美国国旗的小盒子的两边，小盒子已经摆在了小桌子上。中尉军官立在桌子前面，背对灵台，两腿稍息，倒背着手。有人端来一杯咖啡，军官不肯接，说守灵时不能喝。

巴涅大叔也不想喝咖啡。他自始至终就坐在灵台的对面，自始至终没再讲一句话，盯着那个遗体盒，可是，当人们第四次端来咖啡的时候，巴涅大叔实在沉不住气了，突然起身来到中尉面前。他的眼睛依然盯着那个铅盒，根本没有瞧着中尉，问道："您说这里面盛的是我的教子蒙丘?"

中尉想解释一番，但是话很难出口："对……您瞧……这里面装的……蒙丘军士的遗体。"

"你们只找到的……就这些……"

"是的，只是他的遗体，先生，可以肯定，他已经死去很长一段时间了，打起仗来，这样的事很平常，您知道吧？"

巴涅大叔在那儿站了一会儿，只是盯着那个盒子，什么也没说，又返回来坐在椅子上。

几分钟以后，堂娜米娅妈妈由两个女邻居扶着从另一间屋子里走了出来。妈妈的脸色苍白如蜡，乱糟糟的头发，神情倒显得异常镇静。她慢慢地很从容地走到军官前面：

"老总……我求求您……告诉我，怎样才能打开这个盒子。"

军官望着她，感到很吃惊。

"太太，这个盒子永远打不开，封死了。"

堂娜米娅妈妈好像没有马上听懂他的意思，只是睁圆了眼睛，凝望着军官。军官只好又说了一遍："太太，盒子封死了，根本打不开。"

堂娜米娅妈妈有气无力地摇着头。

"我只想看看我的孩子，我只想看看我的孩子，您能理解吗？当母亲的不忍不见他一面就把他埋葬。"

中尉无可奈何地瞧了瞧我们，想求我们谅解，但是，我们之中没有一个人答话。

堂娜米娅妈妈慢腾腾地走上前，轻轻地掀开了那面美国国旗，轻轻地抚摸着那只盒子。

"老总，这只盒子是用什么制作的？它不是木盒？老总。"

"太太，是铅铸的。这样从朝鲜运回来时，比较方便，要过海呵。"

"铅盒子？封死了？"堂娜米娅用眼睛盯着盒子，低声念叨。

军官又瞧了我们一下，解释说："用铅制做，比较方便……"

不等中尉把话说完，堂娜米娅妈妈便迸发出悲痛欲绝的哭声，谁听到这样的哭声，都会感到剜心般的痛疼。

"蒙丘！蒙丘！我的孩子！我要是看不到你，谁也休想把你埋掉！我的孩子！绝对办不到！绝对办不到！"

……堂娜米娅妈妈的哭叫，使人们乱成一团。我坐在那里……一片混乱之中，情不自禁想起了蒙丘，自从我出生以后，我从来没有像现在这样，对他怀有如此强烈的思念……我记得，我们第一次被送去上学时，只有蒙丘一个人没有哭；我记得，我们到古堡后面的海里游泳时，顶数蒙丘一个人游得最远；还记得我们去格兰德岛打棒球，蒙丘总是打第四名，那时候美国还没有在那个岛上建立空军基地……

堂娜米娅妈妈的嗓子都哭哑了，可是她依然在喊，如果她不能看她儿子一眼，谁也休想将她儿子埋掉！可是，那是铅铸的盒子，谁也无法打开……

我们在次日还是把蒙丘安葬了。谁知道那个小小的铅盒里装的是什么秘密?反正我们是把它当成蒙丘的遗体，放进了一个又深又潮的土坑里了。堂娜米娅一直双膝跪在墓穴前，一列士兵鸣放了一排枪。整个入葬仪式就这样结束了。

是的，这件事情发生在以前，可能朋友们要问，为什么迟迟到今天才要对我们讲出来呢?这是因为我们的大杂院里又在今天寄来一份公函，我懂得英语，没有必要再求人给我翻译。我一看，原来是让我也去当炮灰的通知书。

（孔令森 译）

奥修

奥修（1931—1990），印度当代著名哲学家。

本名勒贾尼希，根据他的演讲已出版了650多册书，并被译成32种语言行销世界各地。

代表作《静心：狂喜的艺术》《生命、爱和欢笑》。

大师谈思想

195

※ 沙的故事

有一条河流，它发源于一个很远的山区，流经各式各样的乡野，最后它流到了沙漠。就如它跨过了其他每一个障碍，这条河流也试着要去跨越这个沙漠，但是当它进入那些沙子里，它发觉它的水消失了。

然而它被说服说它的命运就是要去横越这个沙漠，但是无路可走。就在这个时候，有一个来自沙漠本身隐藏的声音在耳语："风能够横越沙漠，所以河流也能够。"

然而河流反对，它继续往沙子里面冲，但是都被吸收了。风可以飞，所以它能够横越沙漠。

　　"以你惯常的方式向前冲，你无法跨越，你不是消失就是变成沼泽，你必须让风带领你到你的目的地。""但是这要怎么样才能够发生？""藉着让你自己被风所吸收。"

　　这个概念无法被河流所接受，毕竟它以前从来没有被吸收过，它不想失去它的个性。一旦失去了它，河流怎么知道它能否再度形成一条河流？

　　沙子说："风可以来执行这项任务。它把水带上来，带着它越过沙漠，然后再让它掉下来。

　　它以雨水的形式掉下来，然后那些雨水再汇集成一条河流。"

　　"我怎么能够知道它真的会这样呢？"

　　"它的确如此。如果你不相信，你一定会处于绝境，最多你只能够成为一个沼泽，而即使要成为一个沼泽也必须花上很多很多年的时间，而它绝对跟河流不一样。"

　　"但我是不是能够保持像现在这样的同一条河流呢？"

　　那个耳语说："在这两种情况下你都无法保持如此。

　　"你本质的部分会被带走而再度形成一条河流。即使现在，你之所以被称为现在的你，也是因为你不知道哪一个部分的你是本质的部分。"

　　当河流听到这个，有某些回音开始在它的脑海中升起。在朦胧之中，它想起了一个状态，在那个状态下，它，或是一部分的它曾经被风的手臂拉着，的确有这么一回事吗？河流仍然不敢确定。它似乎同时想到这是一件它真正要去做的事，虽然不见得是一件很明显的事。

　　河流升起它的蒸气，进入了风儿欢迎的手臂。风儿温和地、而且轻易地带着它一起向前走。

　　当它们到达远处山顶的时候，风儿就让它轻轻地落下来。

　　由于它曾经怀疑过，所以河流在它自己的头脑里能够深刻地记住那个经验的细节。

　　它想："是的，现在我已经学到了真正的认同。"

　　河流在学习，但是沙子耳语："我们知道，因为我们每天都看到它在发生，因为我们沙子从河边一直延伸到山区。"

　　那就是为什么有人说：生命的河流要继续走下去的道路就写在沙子上。

乌安

帕·乌安（1936—），美国散文作家。
作品隐喻性非常强烈，语言晦涩。
代表作品是《猫头鹰的墓志铭》。

※ 猫头鹰的墓志铭

虽然这只小鸟不能复活，可是它的死亡却使无数动物得到了永生。

华特是城市里出生的男孩，父亲是一名建筑商。他还未满5岁，父母就从芝加哥搬到密苏里州马塞林市附近的一座农场。在那里，华特第一次接触到了死亡。

华特7岁那年夏天的一个下午，正好是小伙子到外面去寻幽探胜的好时节。

从一丛柳树过去，就是一座苹果园，华特看见那里一棵树的低枝上，正栖息着一只猫头鹰，显然是在熟睡。

这孩子愣住了。他记得父亲告诉过他，猫头鹰白天休息，夜晚才出去猎食。如果把这只好玩的小鸟拿回去作为宠物，那该多好啊！只要华特悄悄地走过去，不惊醒它，一把将它抓住就行了。

小华特逐渐走近，最后抓到了鸟的两条腿。但是猫头鹰突然惊醒，劲力比华特所见过的任何动物都大。它扑腾翅膀，眼露凶光，惊惶大叫，拼命想挣脱孩子的手。华特大吃一惊，但是仍紧抓着不放。

接着发生了什么事情以及怎样发生，现在很难想象。不过在某一个时间，这个仍然紧抓着那只惊惶小鸟的惊惶孩子，突然把它摔到地上踩死了。一场斗争过后，华特望着地上的一摊鲜血和一堆凌乱的羽毛，连自己也不能相信。于是他哭了。

华特跑出了果园，但是稍后又再回来，埋葬了这只他原先想当作宠物饲养的猫头鹰。此后数月中，这只猫头鹰常在他梦中出现。他为此事感到惭愧，直到多年之后才肯将此事告诉别人。但是，这时世人已经饶恕他了。因为在那个令他难过的夏天，华特已悟出了生命的意义——从此再也不肯残害生灵了。

虽然那只小猫头鹰不能复活，可是它的死亡却使无数动物得到了永生。也许就是在那个时候，一位7岁男孩为了补偿他的无心之过，于是开始绘画各种动物，任由它们在森林中自由活动。这么一来，他也拥有它们。这些动物在华特无与伦比的不朽艺术中，得到了永生。

库兰诺夫

尤里·库兰诺夫（1937—），前苏联作家。主要作品有《北方的夏季》等。

※ 燕子的目光

　　燕子从来不斜视，也从来不眯缝着眼睛、蹙额地看人。他那双黑色的小眼睛总是直瞪着。所以，人们猜摸不透他在想些什么。

　　七月里，一个闷热的夜晚，室内已经无法入睡，我便搬到顶楼上来了。我踩着摇摇晃晃的云杉木梯爬上了顶楼的圆木地板，把一捆捆隔年的厚实的亚麻在角落里摊开，在昏暗中愉快地躺在地铺上了。遥远的天际一阵雷声，炎热的夏季夜晚充塞了剧烈的连绵的轰响。从远处传来的减弱无力的雷声，遇到殷勤的干燥的屋顶，又活跃起来，在顶楼上久久地回响着。仿佛每一根苦于窒热的圆木都小心翼翼地承接着远方传来的雷声，悉心地倾听着它，然后，珍爱地把它传给另一根同样富于感应的圆木。

我感到有一阵目光直射着我，便醒来了。我才只睁开眼睛，两只燕子便从屋顶扑下来，在我的身边旋飞着，一面焦烦地噪叫着。我不懂得燕子说的是些什么话，但是，当我仰头看到筑在屋脊上的燕窠时，他们的意思我明白了："为什么你要到这里来？"

燕子呵斥着："这样一座大房屋你还嫌它小吗？你是人哪，你想要在什么地方盖一座好的大房屋算不了什么一回事！我们现在到别处去筑新窠可就迟了。"

当燕子在从缝隙中透射进来的阳光中，在我的头上求告地飞旋时，我这个自私的人（这种自私心很久以来就植根在人对一切动物的关系之中了）还是决定把桌子和所有的书籍都搬到顶楼上来了。

上半日，燕子一直没有停落在窠中。他们一忽儿飞到这个窗口，一忽儿飞到那个窗口，向里面张望着，看到我时，便立即飞去了。傍晚，他们由另一只燕子陪伴着飞回来了。从神态上可以看出，这只燕子比较年长，也比较精明，她是被请来最后出主意的。

她迅速地径直飞上了远处的窗口，于是，远远地端量着我，啪啪地扑着翅膀。另外那两只燕子也飞进来了；但是他们却那样忙乱和纵声喧叫，仿佛是犹豫很久才投身到冷水中的姑娘。他们对我噪叫着，并且彼此交换着眼神，仿佛马上要对我施加致命的威胁。年长的那只燕子看到桌旁的人在安静地从事自己的工作，又飞绕了几分钟，便停落在我的桌子对面的窗上了。她盯视着我，在思索着，然后，悄悄地向那两只燕子叽叽几声，就飞走了。这句简短的鸟语，显然是宽心话，因为，从那时起，两只燕子的态度遽然改变。他们友爱地忙碌起来了。

我从来也没有遇到这样专心致志、毫无怨尤地劳动的动物。从黎明到黄昏，两只燕子用小小的喙儿衔来泥土、草叶、羽毛。他们在干涸的窠沿放上一小块泥土，加上一段细小的干枝，再放上一小块泥土。燕窠的外架筑成了，远望犹如建筑在岩壁上的中世纪的城堡，这时，两只燕子便开始布置窠内了。

我观察着这两个小动物，努力地探求着，是什么东西使得他们的劳动热情那么高。"如果他们的脑中有着一点点的理智，"我判断着，"那么他们就会满怀信心地生活着，相信自己劳动的果实不会被用来作为反对自己的武器。"

同时，两只燕子的态度也发生了截然不同的变化。看到我日间伏案写作，夜间安静地睡眠，雄燕便不再理会我了。他有时衔着一小段麦秸，有时衔着一小片羽毛飞进顶楼来，擦过我的身边就径直飞落在桌顶上的窠中了。一到傍晚，他就进窠睡觉。雌燕则依然具有女性所特有的性格。她像所有的年轻女人一样高度地戒备而又多疑。她无时无刻不在责骂着我，每次飞进顶楼来都是敞着喉咙噪叫。但是，我，雄燕，乃至她自己都清楚地了解，这种叫骂已经不表示着对我的态度，而且也不具有任何意义了。只不过由于守礼而认为自己必须端庄罢了。为了使她能够飞进窠中过夜，我必须下楼去，在天色昏暗时再回到顶楼来。

在昏暗中我们安静地休息着。风一阵阵地吹得顶板轧轧作响，有时回响着雨声，但，更多的时候，却是入定般的寂静。在寂静中，两只燕子有时在梦中交谈，有时曼声地迷醉地歌唱。在这些时刻里，他们大概梦见了远方蔚蓝色的大海，海水正奔涌向沙滩，海边有着高高的灯塔，热带的庞大的金字塔。有时，他们还急切地、热情而又温存地低语着。于是，我猜到了，这是他们梦见了未来的雏燕。雌燕偶尔责骂起来，我也就明白了，这是她梦见了我。我倾听着，完全沉迷于他们的夜间细语，我自个儿也睡着了。

一天早晨，在这对配偶之间发生了一次严重的谈话。雌燕进得顶楼来就围着我飞旋，迟疑地不向窠中飞去。随后，雄燕也飞来了，不满意地望着她在我身边挑起的纷扰。

"不要乱飞了，"他突然气恼地大声说道。胆壮了的雌燕没有搭理他。"不要乱飞了，烦透了，"雄燕又重复了一句。

"啊，原来如此呀！"她叫起来，丢掉麦秸秆儿向小窗飞去。

他绷着脸停在窠边，挡住整个的入口。但她没有勇气在我的桌顶上飞，于是，一面噪叫着，一面无目的地在顶楼里转来转去。

"好个没良心的！"她吵叫着，"放我立刻离开这个陷阱！即使你不珍爱自己的生命，也得怜惜怜惜我呀！我不愿意被这个大人捉住，变成可怜的玩物。绝不！为什么我要受到那样的惩罚！"

他沉默着，毫不动容地望着她。她吵叫了一会儿，拍了拍翅膀，就飞落在横梁上了。只安静了一会儿，她就扇着翅膀向窠中飞去，但又折回来，停在我的头顶上。他闷声不响地望着她，目光责备而又严厉。

"我太不懂事了，随你怎样处置我吧？"她驯顺而又难过地说道，抖了抖翅膀，飞进窠中。

他也抖了抖翅膀，飞进窠中，温和地说："乖。"

这时，她又从窠中飞出，擦过我的肩头，停在迎面的小窗上，望着我。

我抬起头来，我们的目光相遇了。她用那双黑色的小眼睛望了我很久。从此，在我们之间就响起了热情而明快的音乐了。

这种音乐是夏季空气的缓流、鸟儿的幸福的啁啾声、随风摆动的白桦、故乡草场的迷人香气所催生的。栖落在屋顶上的乌鸦足步声、麻雀啄食屋顶上的白桦籽时的嘈杂声、山雀在马匹周围小心的急促的跳跃声，都在音乐中交响着，并且变成为它的旋律。随着音乐的响起，话语、记忆和愿望变得更为重要，更加有力，更具有独立意义了。日夜乐声都在飞扬，仿佛是擦着睫毛闪过的燕子微颤的翅翼。

但是，一天早晨，这乐声突然令人心悸地停止了。在沉睡中我感到了这一点，就醒来了。雌燕又激动地围着我飞转。在她的呢喃声中充满着惊惧。我看了看小凳，那上面有一个从窠中掉下的碎裂了的空蛋壳。同样的两瓣空蛋壳我是在地铺边的圆木上发现的。雄燕衔着一只黑色的大苍蝇冲进了顶楼。他仿佛是一架飞机，径直地飞着，而苍蝇嗡嗡着恰似一架真正的马达。从这天早上起，这种沉重的嗡嗡声就充塞在整个顶楼，而旧日的音乐也随之轻慢地回响起来了。

不过，音乐的节奏却愈加快速了，因为两只燕子整天也不休歇。新孵出的雏燕食量很大，远远地就等着吞吃食物，小小的雏燕身上还刚蒙上一层稀疏的淡蓝色的绒毛，却都长着一张张大嘴巴。食物总是给那最先啄到的雏燕抢去。是的，只有非常年轻的母亲才这样喂育孩子。雄燕则顺序地由右至左地把食物放在每个雏燕的口中。不久，邻家顶楼中的燕窠被猫儿所毁，于是，我们这里受抚养的雏燕增加到三个了。那只年长的燕子也来帮助他们，她也是自右至左地喂着雏燕，雄燕和雌燕都停在窠沿上睡觉，而那只年长的燕子则在柴棚内的横梁上安身。在梦中她也时常用热情而又温存的语音谈话，就像雄燕和雌燕还没有生出雏燕前在梦中交谈一样。

过了不久，有那么一个早晨，我醒来了，因为有一只短秃的翅膀热情而又胆怯地拍打着我的面颊。一只快要长好羽毛的雏燕落在我嘴边的枕上，用那好奇的天真的目光望着我。另一只雏燕站在烟斗的把上，也在望着我。两只雏燕和长大的燕子不同之处，只是尾巴上还缺少两根黑色的挺直的翎毛。第三只雏燕停在窠中，畏葸地望着由窠中到圆木楼板的这段深渊般的距离。显然，他还没有完全学会灵巧地啄食母亲送来的食物，气力不足使他产生犹疑。

中午，当我在桌旁坐下，他才从窠中跳出，而另两只雏燕则努力地查看着这间尘封的贮藏室。跳到桌面上，他就扑倒在那本厚厚的浓绿色封皮的《世界史》上了。我继续写作着，但是，从笔端流下无数蓝色字体的这种毫无意义的现象使他非常惊异。他那黑色的小眼睛猎人般灵活地眨动着。看来，只是由于一切燕子所具有的彬彬有礼的天赋，他才没有扑向这蓝色的行列。在柔和的薄光中，封面的折光使雏燕的白色胸脯染上了一层绿色，黑色的羽毛也闪着奇妙的光芒，他简直变成一种奇异的不相识的鸟儿了。

雏燕们整日里都在家中嬉戏，压根儿没想到飞向窗子，看看街面。黄昏临近时，一只陌生的迷路的雏燕飞来了。他疲乏地扑进窠中。三只羽毛丰满的雏燕立即从贮藏室扑扑楞楞地飞来，好奇地望着来客。夜晚，雏燕们挤在一起入睡了。雄燕和雌燕却安歇在柴棚中的细木横梁上。清晨，那只年长的燕子来了，和迷路的流浪者说了句话儿，就一起飞去了，从此再也没有回来。

燕子哥儿们飞向街头的道路已经打开。他们一个接着一个地飞向窗口，由于风吹也是由于本领欠熟，他们扎煞着翅膀停在窗上，回头张望着。

啊，太阳！是何等海洋般辽阔和充满阳光的世界在欢迎着他们啊！在大地和高空的彩云之间飘响着多少只鸟儿的鸣声啊！有多少没有见过的长满红色球果的大树在欢乐地摆动啊！有多少英武的大鸢在阳光下飞翔啊。

每只雏燕都在想着，他们一定也会成为那样强而有力的大鸟。但是，脚下的世界又是多么深啊，记得有一次爸爸和妈妈从窗上仰身而下，最初几乎完全没有展开翅膀，想到这里，心都收缩了。

燕子妈妈和燕子爸爸正停在横过道路的电线上，望着自己的孩子。

中午，我看到，这对父母怎样威武而又愤怒地在田间驱赶着鹞鹰。那只庞大的蠢笨的鹞鹰在麦茬地上空畏葸地退却着。他们则追逐着他，在他的身上盘旋着，扑到他的头上，用那小小的喙儿凶猛地啄着他。

从这天起，顶楼就空落了。一天夜里，雏燕们在窗口并肩地停了一会儿，望着夜空中黄色的牧夫星座。此后，就谁也不知道他们在哪里过夜了。人们只是看到他们在家屋上，柴棚上，在枝叶繁茂的金色的菩提树上，在那充满了愉快劳动声音的田野上，幸福地飞翔着。他们彼此迎面地飞来又飞去，衔尾飞成个大圆圈，仿佛是一颗颗小小的黑色的行星。家屋、紫棚和菩提树都被穿织进由疾飞组成的迷蒙网眼中，仿佛它们也和燕子一起在蓝色的秋空中飞翔。

不久，又空落了，不仅在顶楼，就连周围也寂然无声了。听到的只有凋谢的树叶悄然落地的声音。禽鸟都飞走了，只有那些不愿长途跋涉到热带远方去的鸟儿才留了下来。在这样天高气爽的日子里，我是在田间电线杆下的新鲜干草垛上过夜的。一天深夜，在轻松的田野之梦中，我感到一双目光在望着我。我睁开了眼睛，迎面的电线上停落着一只燕子，她那小小的眼睛定定地望着我。这是那只熟识的年长的燕子。她的目光仿佛是我所喜爱的歌曲的最后回声在我的心中回响着。

（丘琴 译）

贝洛

索尔·贝洛（1946—），美国散文作家。
作品平淡自然，含义深刻。代表作品有《自由与生命》。

※ 自由与生命

八月的一天下午，天气暖洋洋的，一群小孩在十分卖力地捕捉那些色彩斑斓的蝴蝶，我不由自主地想起童年时代发生的一件印象很深的事情。那时我才十二岁，住在南卡罗来纳州，常常把一些野生的活物捉来放到笼子里，而那件事发生后，我这种兴致就被抛得无影无踪了。

我家在林子边上，每当日落黄昏，便有一群美洲画眉鸟来到林间歇息和歌唱。那歌声美妙绝伦，没有一件人间的乐器能奏出那么优美的曲调来。我当机立断，决心捕获一只小画眉，放到我的笼子里，让她为我一人歌唱。果然，我成功了。她先是拍打着翅膀，在笼中飞来扑去，十分恐惧。但后来她安静下来，承认了这个新家。站在笼子前，聆听我的小音乐家美妙的歌唱，我感到万分高兴，真是喜从天降。

我把鸟笼放到我家后院。第二天，她那慈爱的妈妈口含食物飞到了笼子跟前。画眉妈妈让小画眉把食物一口一口地吞咽下去。当然，画眉妈妈知道这样比我来喂她的孩子要好得多。看来，这是件皆大欢喜的好事情。

接下来的一天早晨，我去看我的小俘虏在干什么，发现她无声无息地躺在笼子底层，已经死了。我对此迷惑不解，不知发生了什么事，我想我的小鸟不是已得到了精心的照料吗？

那时，正逢著名的鸟类学家阿瑟·威利来看望家父，在我家小住，我把小可怜儿那可怕的厄运告诉了他，听后，他作了精辟的解释："当一只母美洲画眉发现她的孩子被关进笼子后，就一定要喂小画眉足以致死的毒莓，她似乎坚信孩子死了总比活着做囚徒好些。"

从此以后，我再也不捕捉任何活物来关进笼子里。因为任何生命都有对自由生活的追求，而这种追求无疑是值得肯定的。

莎巴哈

素阿德·穆巴拉克·莎巴哈（1942—），科威特女诗人、学者、社会活动家。作品主要有《希冀》《献给你，我的儿子》《女儿颂》《玫瑰与枪的对话》《本来就是女性》等诗集。

※ 女性的否决

一

他们说：

写作是一大罪恶，

你不要写作！

拜倒在文字前也是罪过，

你别那样做！

大师智慧书系

诗的墨水有毒，

你千万别喝！

可是我

已经喝了很多，

桌子上的墨水并没有让我中毒。

而且我

已经写了很多，

我在每颗星球上都点燃起大火；

真主从未对我生气，

先知也并未对我厌恶。

二

他们说：

言论是男人的特权，

你不要说！

调情是男人的艺术，

你不能卿卿我我！

写作是深不可测的大海，

你不要自找淹没！

可我已经爱恋过多次，

可我已经畅游过很多，

我与一切大海拼搏而未被淹没。

三

他们说，

我用我的诗摧毁了美德；

说诗人是男性的同义语，

怎么会有一个女诗人诞生在部落？

我嘲笑这一切胡说，

嘲笑那些人

在星球大战的时代

却想把妇女活活埋没。

我问自己：

为什么男人可以唱歌，

女人出声则成过错？

四

为什么

他们要建起这道荒唐的墙壁，

将田野与树木隔离？

将阴云与雨水隔离？

将雌羚羊与雄羚羊隔离？

谁说诗歌有性别？

散文有性别？

思想有性别？

又是谁说

大自然不肯让美丽的鸟儿唱歌？

五

他们说，

我砸碎了自己墓穴的石板，

这不错！

大师谈思想

说我杀死了自己时代的蝙蝠，

这不错！

我用诗铲除了虚伪的根，

我将铁皮时代打破。

他们若将我损伤，

那么这世上最美的

仍是我这只受伤的羚羊。

他们若把我钉在十字架上，

那倒要感谢他们，

待我同待基督一样。

六

他们说：

女性就是软弱，

最好的妇女总是知足满意；

自由是万恶之首，

最美的妇女是驯顺的奴婢。

他们说：

女人舞文弄墨是标新立异，

原野没有这种草的立足之地。

女人若是写诗，

岂不成了歌女！

我嘲笑一切有关我的胡言乱语。

我不会接受这种铁皮时代的思想，

铁皮时代的逻辑。

我要留在自己的高峰上歌唱。

我知道雷霆会过去，

风暴会过去，

蝙蝠会逝去。

我知道他们会消失，

而我将生生不息……

（仲跻昆 译）

大师智慧书系

拉班

乔纳森·拉班（1942—），英国杂文家、小说家和旅行作家；
为他赢得声誉的作品有：《阿拉伯：穿过迷宫的旅行》和《古老的光荣》；
后者写他在密西西比河上的旅行，
被《纽约时报》誉为"比百分之九十的写美国的书都更成功"。

※ 吃老本

　　我觉得，每个人都真的是他们自己家族的祖先。我们把它们虚构出来，那些私人的祠堂、监狱以及快活的乌托邦。造访别人的家庭，我总是发现很难验证我所见到的传说，如同在途中汽车上听到的东西一样。人物总是夸大或缩小，要么好得过分要么坏得不行，脱离了他们应有的样子。这好比看一出戏，照着一个错误本子背一周台词便登场演出一样。一个人自己的传说更是双倍地靠不住。对一出既当主打导演又做领衔主演的人来说，写一篇评论是极其难以左右逢源的差事。那一定是一则传奇，不是每笔记下的流水账，也不是赤裸裸的现实主义；如同所有的创造神话一样，它的花园、它的拱梁以及树上的果子，都是象征物。这事轮到自己的家族，谁都没有本事做一名原教旨主义者。

曾有一段时间，在"家庭"这个观念还没有成形之前，家里就只有我的母亲和我。我们住在一个温馨的小房子里，那真像过着一种田园般的婚外恋的生活。我的父亲出门"参战"去了，他只是壁炉上方的一幅照片；他是那份早邮报；他是收音机里一点钟新闻的一部分。他与其说是我的父亲，不如说是我与之生活在一起的那个女人的讨好的丈夫——我害怕他回来。日子在继续，太阳灿烂的时候我们晒干草。我得过一场名叫乳糜泻的消耗性疾病，我便像一个享有特殊待遇的情人，被喂着专门进口的香蕉和煮熟的脑髓。我们习惯一起看报，因此我在三周岁前就能够磕磕绊绊读几段《泰晤士报》了。我们在蛋壳底部做烘烤，这样一来，巫师们也无法用它们当船之耍弄了。我们节省下我们的汽油定量，驱车到谢林汉姆看望外祖母。

我母亲的福特八型AUP595是她于1939年用她为多家妇女杂志写爱情故事挣下的钱购置的，对演绎浪漫是无可挑剔的交通工具。行驶在诺福克的窄道上，三十英里的车速令人毛发发痒，因窗大开，鼻子里充满花粉、皮革和汽油味儿。我觉得这才是生活。我所认定的是怎么开始就怎么过下去；在车前座上乘车，动不动就是亲吻和安慰话，篮装食品上方又是里贝纳瓶子。

我瘦得皮包骨头。不过我早已学会了像老练的靠女人生活着的生活方式。我体弱多病，让我有权利得到无微不至的照顾。我的脑门儿靠在我母亲的手中，病病歪歪，咳得嗓子直出血。我没病没灾时，我叽叽喳喳说开没完。我母亲也只有和我能说说话，因此我无意中学到了极富表达的词语，越发喋喋不休，加了许多新词。我弱不禁风，没法与别的孩子玩耍——我站在老远的地方看他们是一群没有教养的野孩子——我看出来大人们器重我，欣赏我，显然是我才配有的。我害怕很少几个被允许（"听着，不准胡闹啊！"）到我这玻璃世界里来的孩子取笑我。我的一个朋友是医生的儿子，因害着脊髓灰质炎成了跛子，套着跟他本人差不多一样大的钢架走来走去。我三岁时，母亲告诉我，说像他和我这样的孩子会上好学校，把书念下去，获得一个又一个学位，但是乡村的孩子都去上像马路那边的那所学校一样的不入流学校。

我于是看见我自己和我母亲乘着我的学位之舟扬帆出海，帆儿张满了谢林汉姆海滩吹来的海风，威风凛凛的船头驶向浪漫浓酽的落日，把岸上那群嘲笑的乱糟糟的孩子抛在远处。

我一直没有把我父亲当回事。有一回我还把母亲气哭了，因为我问到我父亲会不会让德国人打死了；看到母亲收到新来的一摞信，先是来自北非、随后是意大利、再往后是巴勒斯坦，看得全神贯注，我经常感到不解。奇怪的是，父亲请假回来探亲，我一点记忆都没有留下。

我一定是和别的来我家偶尔拜访的人——他们中许多人都穿着制服——弄混了。抑或就是那个带着我们娘俩星期天到那家费肯汉姆饭店吃午餐的男人？我记得那里人声嘈杂，卫生间里引起一阵恶心。我拿不准。

不管如何，看到他一天上午晚些时候回来了，背着一个卡其布长形军用袋，穿过海姆普顿草坪——对我来说它是家庭生活开始的时刻——他完完全全是一个陌生人。我对他的第一个印象是粗糙得令人难以接受。壁炉上的那张相片是一位年轻的下级军官，　脸娃娃相，看上去年少稚嫩，用不着刮脸。我父亲的下巴却像砂纸的颜色和结构。他的复员军人服装也看上去是玉米茬须织成的。眼见我的母亲和他紧紧拥抱，就在海姆普顿草坪空旷地上，我觉得痛苦极了。我仔细看了看他背包上的褪色的白字：皇家炮兵J。P。C。P拉班陆军少校。这个穿着一身别别扭扭平民衣服的高个子大兵，有什么权利在我们家待着？这个问题困扰了我好几年后才开始有了答案。

我的父亲也一定有点感到吃惊。他的儿子像麻秆儿，一脸严肃，一点不是他一心期望的嘻嘻笑笑的三岁孩童。他显然不会应付孩子，一开口讲话就吱哇乱说一气的早熟的小病秧子，更让他手足无措。他尽量装模作样，用心用意地对付这种混乱局面，与我交朋友，好像他在与一个特别生嫩的下属愉快地相处。他回家的当天下午，提着我的脚把我倒悬在后花园的大水桶上。倒悬在这种蚊虫滋生的黑水汤上，我哭叫起来，我母亲冲出房子来保护我。

"只是玩玩，"我父亲说，"我们爷俩只是玩玩。"但是我可不这么看。这个要命的西哥特人刚刚从人杀人的屠场归来，等不及我们喝上午茶就一心想把我弄死。我哭诉着跑到母亲跟前，乞求她把这个可怕的家伙送回他显然只配待在那里的战场上。我父亲的种种担忧也得到了证实：倘若不在此时此地在父亲影响方面使出一些铁石心肠的东西，我日后一准变成一个不折不扣的懦夫，一个让人受不了的小窝囊废。

我父亲关于"窝囊废"的种种感受可能是由他自己的焦虑加重的。战前，他曾一直是个害羞的年轻人，在一所无名的私立学校里勉强获得一张毕业证书。后来又去一家教师培训学院深造，教了一年预习课（这事他干得并不顺手），正好赶上应征入伍，做了本土军士兵。在军队里，他如鱼得水。他很快得到提升。他结了婚。他突然间变得人五人六，成了一个有名有份的人物。战争结束时，他本打算转入正规军，但是未能如愿以偿。我们爷俩相遇时，他二十七岁，在他曾经可以风光一时的行业里已然穷途末路了。他总是一副做张做致的官气十足的滑稽相，一种极不自然的不苟言笑；他学会了显摆男子气魄，跟一个托钵僧差不多。我父亲在二十来岁这个年龄层成了一个深有责任感的年轻人，晚发展却成长快。他生硬，拿大，严厉，逾威胁到了他自己的男子汉气，于是打算把我磨炼磨炼。

我惧怕他。我害怕他动不动就一言不发，让人摸不着头脑；害怕他突然阴转晴，心情又好起来；害怕他莫测高深的派头；而最让我害怕的是他事后算账式的训斥，这在他的书房是按军事法庭方式进行的。一件玩具丢在车道上过夜会让我屁股挨揍；过完四岁生日没有记住向我的女主人说声"谢谢"也会被打屁股。他领我走进一个冰冷的世界，充满了责任和惩罚———一个十分复杂、不原谅人的地方，顶尖男儿在其中能够希望的是一声不吭挺过去。也许我的父亲有理由相信世界就是这个样子，在不遗余力地把我从我母亲不明智地为我创造的那个傻子天堂拯救出来。不过我当时只是觉得他因为我和母亲的亲密在吃醋，实施他的报复而已。

战后几个星期里，他在房子和花园里出出进进。他在母亲的旧便携式奥利弗蒂牌打字机上给潜在的雇主们啪啦啪啦打求职信。他嗖嗖地挥杆练习高尔夫球。他身穿复员军人制服围着花园鸟池转圈圈。他在计算尺上做炮术计算。我在一旁充当情侣之间的绊脚石——一名郁郁寡欢的孩子潜伏在走廊里，气鼓鼓地窥视我的父母。我觉得当了"乌龟"，便显示出这种情结。还好，我的父亲终于找到了工作，做了当地退役军人联谊会的秘书，他因工作几乎每天晚上都得外出，一等他开车去威兹比奇和彼得博罗和金斯林，我就使些伎俩勾引我母亲，重温我们往日的温情甜蜜。我们俩喝着可可茶收听收音机里的《迪克·巴顿》，然后我会发起一次喋喋不休的漂亮谈话，希望拉回她的注意力，不让她一门心思用在查看钟表上。我觉得出她喜欢我父亲待在家里，而且我想我也感觉到因为我显然不和她共享那种快乐她心中不快。我感觉到我们娘俩的温馨令我有几分羞愧难当。跟着我父亲，我开始逐渐明白我的行为举动明显缺乏男子气，这些温情脉脉的晚上因此笼罩上了罪过感。我父亲一星期会念叨好几次，说我"你要下狠心学会自己站起来呀，老儿子"，我听了不敢直面这层意思，但是我心下知道这话没错，无可争辩。

然而，我和我父亲对老天压在我们肩上的种种责任，渐渐地严阵以待。我认为我们爷儿俩都感到十分无奈。他在生活中已经承袭了一个他只能用最老式的条件扮演的角色；他不得不做一个维多利亚时期的丈夫和父亲，家族的中流砥柱，走向衰败的拉班家道的继承人。我则已继承了他。我们爷儿俩双双在这些遗产重压下焦虑不安，爷儿俩都势单力薄，无法按任何方式把它们发扬光大。他对我恃强凌弱，反过来他又被家族的亡灵欺负着。如果我惧怕他，那么他得面对自己的复仇女神——即列祖列宗和由来久远的亲戚，他们早给他立下尺度，而他却屡屡告败，无一达标。

我的父亲不是长子，他的父亲也不是长子。让他扮演长子角色的，无疑是他的严肃，他身上那股敢于负责的年轻人派头，他对自己父亲有毫不含糊的责任心。不管因为什么，好像每位满肚心事的伯伯叔叔或者执拗的老伯母婶母，都点名要他做他们的遗嘱执行人。家族里只要有人亡故，我的父亲便会忙得团团转，与拍卖商和律师打交道；我们家开始摆满祖传宝物。一辆辆马车拉来了家具和一箱箱藏画和文件。一件件古董"深藏起来"，却随后不得不因为保存它们费用过高而取出来。我们家深陷于我父亲的列宗列祖之中。

他们从每堵墙壁上神情不满地俯视着我们。有的是大而无当的陈迹斑驳的油画像，有的是铅笔水洗速写像，有的是精致的小画像，有的是侧面画像，他们从他们的镜框里向外逼视，眼神满是阴郁。他们中间有孟买的刑事法院法官，有爱德华爵士将军，有伏案写作的爱玛表姐，有数不清的印度军队上校和不足挂齿的预备修士，有爱德华爵士将军摆在玻璃盒里天鹅绒上的军功章。在那台无线电收音机上，摆放了家族纹章（由渡鸦、野猪头、几牙雉蝶和一句我记不清的铭文组成图案）。它们是令人不快的压抑的战利品。它们体现了在军队和教会的等级中模糊的中产阶级一百多年的苦苦奋争。这些列祖列宗的脸庞如同他们的家具——笨重、粗夯但制作讲完，外省英格兰样式，同时容量很大。他们不讲究风趣，只是体现了一点点才智。他们看上去像早已看透生存艰辛的人，为了活下去只得死守住寄宿学校灌输的那些原则。

我们尊敬他们，这些难以相处的家神。我们蹑手蹑脚地在他们的呆板家具间走动（"别在游戏桌上玩耍呀；那可是件古董——"）；我们用他们的饰章叉子吃鱼鳍；我们循规蹈矩地把我们自己的生活局限于蛮横的家族祖先留下的几个寒碜的角落。我父亲买了一些关于家谱的书（例如L．G．派恩著的《如何看你的家谱》），埋头整理索引卡和钻研1928年版的《伯克土地贵族考》。夏天的假日全用来进行一轮又一轮的寻祖活动，这不应是顶尖英格兰中产阶级所为，倒更适合虔诚的中国人去做。坐着布拉福特乔韦特客货两用车（我母亲的福特车卖掉了，我这下只好坐在后面的二等车厢里了）。我们在萨默塞特奔波，寻找远房亲戚们推测的埋藏墓地。我父亲用餐刀刮掉墓碑上的苔藓，我则在掉落下的苔片里寻找蛇蜥。在下雨的日子，他自己去汤顿和埃克塞特的档案馆，一页页翻阅教区登记册，核对十八世纪乡村的生日、婚姻和死亡情况。"我们祖上是，"他说，"自由民出身。循规蹈矩的自由民呢。"

接下来便是拜访活着的人了。大多数好像都是上年纪的老妇，身边有个"陪伴"；她们散布各处，如同山头要塞依次占点，东起苏塞克斯西止丹佛，横跨南部英格兰。每逢节假日，我父亲都打起精神去发现一个新的老祖姨祖娘什么的。她们的住房顶盖茅草，散发着腐烂发霉的腐朽味儿。这些老淑女们颇有几分男子气，整日在花园里挥锄洗桶，找些事干。屈指可数的几个男子倒是坐以待毙，身裹毯子，说话像吹一支破笛子嘶嘶啦啦的。我的祖父哈里·普赖奥尔克斯·拉班（大人都叫他"哈普"），退休时从伍斯特郡他的教区告老还乡，回到汉普郡；在他风光的日子里，他在这里经常举行他自己发明的英国国教高教会派弥撒，地点是经他改造成的一个设在户外的曾是神龛的小屋子。我经常在这种场合充当他的助祭，他唱起短诗时我扯起嗓门儿跟着唱。在临时搭成的圣坛上悬挂着一具不起眼的十字架，周围摆放着克利夫顿学院爱德华时期的大学生镶框照片。晨曦、晚祷和圣餐仪式，我的祖父对他自己的过去恪守敬意，其诚实在我看来全然自然——在我们家族所有人看来也无不如此。

　　我的父亲临近而立之年，可是我们差不多无一例外地在和老者与死者为伴。有时候，他过去的军队战友会来做客，年轻的教士和退役军人联谊会的同事也你来我往地走访；这些不速之客给我们家带来了一种喧闹的不相称的气氛，一缕风趣，似乎与家里气氛格格不入。我们家的合适来客是伯母姨母和已有一把岁数的表哥堂姐什么的——他们对墙上的一幅幅人物肖像点头称是，把手杖放在前门的架子上。与我母亲私处时，我父亲会表现出一种我还无法公平对待的轻浮。他喜欢《笨拙画报》；喜欢讲故事，在汽车房里待很长时间，鼓捣那辆汽车；他身上有一种孩子气，却总是会被活生生地挤压掉了。那种一本正经的老成持重的样子是一种责任，要时时挂在表面。他在做样子，仿佛让人看见比他实际年龄更老成、更古板、更谦让，是他义不容辞的表现。欢乐与感情这个天真的世界是我母亲的特区，我想我父亲每次进入这个世界都会感到罪过的刺痛。它不是男人的去处，不值得一个严肃的拉班家人频频光顾。因此他事后会加倍补偿，侍弄那些个伯母婶母和列祖列宗，赎罪般地构造出一幅庞大的家谱图，悉心卷起来藏进一个硬纸卷筒里。每一年，新的支系都会出现；被遗漏的远亲几经搬迁又来寻根；我们的自由民老根一寸寸往回归缩，通过乔治家族，找到了安妮女王和查理二世的王族范畴。

我五岁了，转眼六岁，我的小弟弟们接连出生。家族树上增加了这些枝叶，把我置于可有可无的境地。有了我们那些个列宗列祖，谁还稀罕孩子？然而我过去一直在做乌龟一样的角色，也就学会了不守忠诚的生活。我们家早已由于家谱源长变得异常臃肿，我的兄弟只是往枝枝蔓蔓上增添一片叶子。不过我自己的地位还是受到了危害啊。我母亲每每把我们的名字混为一团，那两个湿淋淋的婴儿和我重新洗礼的命名，为叫得方便，统称为"男孩儿"，这一称谓让我变得卑躬屈膝，矮人三分。我极不喜欢他们捆在褪褓里的肉团团样子，不喜欢他们的奶腥味儿，觉得他们的乳臭未干在某种程度上抵消了我在走向男子汉路上争取到的一点点进步。与他们并排坐在布拉德福特货车的后排座上，被围困于他们的羊毛背心、他们的细腿毛线裤、他们的小儿毛绒鞋、他们的塑料便壶以及橡皮奶头瓶，我渐渐习惯独自做白日梦，进入一种孤傲的孤独境地。我已经习惯了任人践踏尊严的生存方式。

倘若我有一个家庭生活的惟一画面，那就是一张饭桌。这幅画里有一把高背椅子，污渍点点的围嘴、滴滴啦啦的苹果酱、平底锅里残留的食物，一声尖叫，一场哑嘴，我父亲因为偏头疼眉头频频紧锁，我母亲无奈的眼神（"呕，讨厌！"）以及我小弟弟奶声奶气说出什么"戚廉发出臭味"的话语。这幅画儿不仅是吵闹，不仅是混乱，不仅是硬闯人的亲近行为；它还是我父亲主张的家庭观念与我们生活其间的家庭事实之间产生的那种无望的冲突。我们拥有的多种观念都远远超出了我们的财力。

这时候，我父亲一定挣着六百镑左右的年薪。如同大多数别的下中产阶级家庭一样，我们家人满为患，我们不得不勒紧钱袋过日子，既没有钱，也没有时间与空间寻求我父亲渴求的那些个尊严和礼仪。"我们是，"他不时提醒我们说，"一个绅士组成的家庭呢。"我于是问道：我学校的老师是绅士吗？不是。一个有教养的人，当然是，不过还算不上一个绅士。

马路那头的斑汉姆先生是绅士吗？不是，斑汉姆先生是做买卖的。做买卖的人不能算绅士，绅士风度嘛，父亲解释说，与钱风马牛不相及；绅士风度讲的是种姓、趣味和教养——我们才是绅士呢。这一取舍标准让我心焦如火。我交往的仅有的几个朋友这么说永远成不了绅士了。有几个"大体差不多";大多数却"远算不上"。他们的父亲经常比我父亲领薪水多,他们说话的口音(在我听来)一样清楚明白。

我母亲总是热心地扩大范围,让各种出身和背景的人进入我们这享有特殊背景的阶级;可是我的父亲固执己见,严查死守,对暴发户一看一个准。长此以往,我便对自己的朋友引以为耻,尽管我的母亲一如既往地欢迎他们,进不了家门,至少让进花园里。他们没有如同我们一样的列祖列宗,家谱源长,我对他们并不显赫的平民身份半是轻视,半是羡慕。有那么一两次,我还真的一时糊涂说漏了嘴,自诩自己身上有一种看不见的秘密的高贵气质——结果是认同了我父母所主张的看法,即国家的教育制度极不规范,只会培养出年纪轻轻的小流氓。我呢,可以断定(尤其此时我停止了乳糜泻,开始患上了哮喘病),是一个完全不寻常的孩子。在小学校,我开始能保证连续几天不在操场上哭鼻子了。这保持在最低点,我放弃了。但是我总是相信我因为自己"很特别",受人欺侮。这种事情也会因为你是绅士而发生在你身上的。

在我们的视线里还有另一个家族。彼得舅舅——我母亲的兄长——住在伯明翰的郊区,我们一年中去探望他两三次。我是他的教子,我七八岁以后父母允许我隔三差五在他家住些日子。

在我看来,他是不折不扣的传奇。谢顶,和蔼,快乐,他经常开着美洲虎车出入大学体育队,身上散发着肥皂和润肤液味儿。与我母亲一样,彼得舅舅是我外祖母在瑞士做女仆的最后岁月里带大的;但是他对付着硬是变成了一个绅士。他在伯明翰大学获得了工程学位,战争期间在皇家海军后备队服役。倘若麦克米伦想找一个在"你从来没有这么好过"的时代里充当战后学术名流富起来的象征人物,一准会把彼得舅舅选中;他有汽车,有帆船,有别人望尘莫及的电视以及中央供暖设备的郊区别墅。彼得舅舅具备真正的阶级——A级——但是他对统治我们的令人窒息的阶级势力行为却一窍不通。

住在彼得舅舅家里就像进了伊甸园。空气中没有犯罪的气息,对迷失的过去用不着恋恋不忘。我们家挂列祖列宗的地方，他在自己墙上挂上了彼得·斯科特鸟类油画和镶框的海上快艇比赛照片。我们家放家用常备书架的地方（圣经类、巴克的《孟加拉体育》《皇家万历年书》），简·奥斯丁的首版作品，一套维多利亚时期的《不列颠百科全书》，彼得舅舅堆放着《国家地理》杂志、《读者文摘》合订本以及绿皮企鹅版书。我过去经常迷恋黄昏时分照明百货商店橱窗里的明亮景象——柔软得不能再柔软的地毯、三件套鲜亮的室内装饰品，闪闪发光的咖啡桌子成套的瓶子和玻璃杯，钢架灯的闪闪亮光……一间为没有记忆和意识之圣人设计的房间啊。彼得舅舅家的内部陈设便像那些橱窗变成了生活。那是我的布莱德舍德。我看到这里随意而昂贵的实利主义氛围眼花缭乱；还让我感到目不暇接的是我那些表姐们的自行车、网球拍和她们与自己的父母讲话时随随便便有说有笑的样子。

星期天上午，没有人去教堂。我原本猜测会有一声断喝，让我们收起不轨的行为下楼做礼拜，但是彼得舅舅家的教堂只是用来举行婚礼、葬礼、洗礼和圣诞节活动。不仅不去教堂，我们还会到室外去用早餐，晒太阳浴。彼得舅舅伸展在一个红色酒吧安乐椅上，戴上墨镜，专心浏览《星期日快报》。我临近了谵妄状态。我没有认识到那么多禁忌能够一次性冲破，而且彼得舅舅不费吹灰之力把它们统统冲破，连想也没想他在做什么非同寻常的事情。我又感到问心有愧了。我变得越发邋遢、越发难堪、越发缩手缩脚，根本没法跟这些享受着加利福尼亚悠闲和自由的怪人相比；如同伊甸园里的入侵者，我随时随地都在等着有人夺走这一特权。

我父亲深信家系和血脉，因此要毫不掩饰地批判彼得舅舅是不大容易做到的。我母亲的家族（医生和设得兰的农场佃农）当然没法与拉班家标准完全取齐，但是彼得舅舅仍然绝对是一个绅士。因此，我父亲只能敲敲边鼓，说几句很有分寸的话。"别以为他从那辆车里得了多少好处"，"不想想他为那条船必须付多少倍停泊费呢。"

"他可没少到国外去开会。"我母亲说。

"就一次机会，亲爱的。我们确切知道的就一次啊。"

对我，彼得舅舅被说成"你的彼得舅舅"，这话让我颇有几分拥有的骄傲，因为我很高兴与那辆三点八升美洲虎牌汽车、苏格兰细颈瓶和那条帆船沾亲带故。每到圣诞节和我的生日，他都会寄来邮政汇票，我于是转眼成了暴发户，高高兴兴随心所欲地支配这笔显示地位象征的钱，正像固定绕线钓鱼轮和涂漆软木浮子一样。"你还不如把这玩意儿存进你的邮政储蓄里。不是吗？老儿子？"就是这样，彼得舅舅处在一种蛾子和锈迹都无法钻空的地位。我讨厌我的储蓄存折。多年后，当我第一次听到"新教徒伦理学"这个短语时，完全知道它的含义：这是我的家父就我的邮政储蓄账这一题目在做讲座。

"这总的说来也不错嘛，老儿子，你现在有心把你的存款仍到废品沟里去。可是真到了关键时候，你又如何对付那些'大事'，嗯？你看，就说那笔存在邮局里的钱吧；那在增值。一镑多长六便士，你看看。假如……假如，比如说，三四年后你想要一辆自行车。你以为那自行车会从哪里来？我看哪，老儿子，自行车是不会长在树上的吧。"

然而我早在赛利橡树那一带坐过美洲虎牌汽车，星期天用不着上教堂，<u>丝丝缕缕的怀疑</u>已在我的脑子里作祟了。我现在知道，这世上有些地方自行车真的长在树上呢。

当我听说（"爸爸今天有话要宣布"）父亲要去寻求圣职时，一下子躺在地上，笑得滚成了一团。我记不清到底为什么——但肯定不是出于嘲笑。我想那是面对父亲与上帝一下子亲近了许多这一事实，真正触动了神经上的歇斯底里病吧。问题向"他"提了出来，而"他"把自己的身份说得明白无误。那情景有点像与你的银行经理访谈了一回。但是我既觉敬畏又感到自豪。我们是高贵的英国国教徒——高贵得可以与古罗马人蹭鼻子寒暄了。祭司身穿紫色和金色长袍，浑身透着无比荣耀的威仪。他由挥舞着束香的孩童侍候着。他唱着单旋律圣歌主持礼拜仪式。高踞讲道坛，身上的白色法衣随起随落，他操练出一种神秘的气氛，是政治家也望尘莫及的。如果我父说他准备投身议会，他的话会让我铭记难忘；可他说他要去当祭司，我一下子给镇住了；我依靠他的天职长大成人全然落空了。我不仅不是一位绅士了，我这下成了一位牧师的儿子。

以后在操场上受欺负，我只能想到自己做了神圣的牺牲品，我的眉毛触到了天堂。爸爸的天职将他从一般人中挑选出来，正像我期望不久会被挑选出来一样。我等待我的感召，为我的受害者们感到心疼。到了二十四日夜里，想入非非的画面一幅接一幅，

我与上帝在画中紧紧拥抱，难分难解。到了白天，我从教室的窗户向外呆望，久久凝视着虚无缥缈的雾团。我不是一个机灵的孩子。我的不同点是我本人、我的列祖列宗和上帝之间的一桩秘密。

我的父亲去做神学院学生时年届三十三岁——比我眼下的年龄小一岁。在我生活中第一次，我认识到他实际上不像他当时一贯看上去的那么老迈。我们在博格诺郊区一所出租房子里栖身，我父亲骑车往来于这里和他在奇切斯特的神学院，只有周末才在家里度过。他穿起了教士披肩，别着自行车夹子到处走动；他为学院板球队打球，刻苦温习他的笔记。由于他经常在外活动，很少在家，没有了他那种动不动做出的一副傲慢样子，我对他的惧怕开始放松了。

到了星期天下午，我母亲带着我的弟弟们和我在球场外为他的球队助威加油，在一群把白色球衫的袖子系在脖子上的虔诚而热心的年轻人中间成为中心。有学院，我想我的老爸一定重温到了他在战时军队里所感觉到的一些自如。大多数学生都比他年轻得多，他在他们中间像一个游刃有余的参谋置身于下级之中。我觉得出——又是第一次——他为他的家庭感到自豪，而我们也为他感到自豪。

这两年间，我们在"吃老本"———个不祥的短话，那就是说，实际上，我的父母在动用他们的邮政储蓄；这种坐吃山空孤注一掷的架势看样子同时也让他们心下犯嘀咕，心中害怕。

他们在勤俭持家上费尽心机，一次给汽车加一加仑汽油，购买什么东西都是一点点，我母亲似乎在踩着钟点采购东西。他们还做出了至少在我看来他们最大的蠢事。他们决定把他们仅有的小钱搜刮起来，送我上私立学校。

这一次，我在学校过得很幸福。在玫瑰学校，我交下了一些朋友（没有绅士，不过由于我父亲这时只是个大学生，我们正在转变为无拘无束的波希米亚

人）。经过一些私下辅导，我有点不可思议地通过了初中入学前预试，在奇切斯特中学我居然争得了一个位置。可是我的父母亲在以后的三年里根据情况至少搬了两次家，我十岁时便已经上过四所不同的学校了（一个私塾女先生，一所预备学校和两所小学）。这是合乎道理的一面。不合道理的一面全是和列祖列宗、绅士气派以及男子汉气打交道。

"把你这气喘病当回事，老儿子。这全是身心失调的结果，你要知道。身心失调症。知道身心失调是怎么回事吗？病在脑子里。全在脑子里啊。就是说你给自己造成了这种状况的。私立学校很快就会把这顽症治好的。"

小册子拿来了。我父亲于二十世纪三十年代曾在国王队呆过，我们对着那些橄榄球场和大教堂绿地发黄的照片琢磨了又琢磨。我父亲表现出了一种新的机敏的轻浮劲头；我家男孩子们聚在一起，他便扯高嗓门儿，对做"经典动作"的喜悦有点疯狂地夸夸其谈一气，在起居室地毯上给我讲解一番关于橄榄球规则。

"从你身后传球——像这样。不管什么时候都要从身后传球，千万不能从前面传球。"

他对国王队记得最开心的事情与往一只洗衣房的篮子扔球有关，因此弄坏了他的胳膊。我父亲讲起这件事总会当作纯粹的乐事。每逢星期天，我们都会在《星期日周刊》后封查寻一片不起眼的文字里刊登的私立学校橄榄球比赛结果。国王队胜了，早餐桌上便会出现庆贺的气氛；一旦他们输了，我们也都沮丧起来。我母亲把一些卡片牌姓名布条加工了一下：J.M.H.P.拉班学校之家。到了晚上，她把这些姓名布条一个接一个缝在袜子、裤子、短袖衫和毛巾等用物上，逐一与她这位女总管的印刷名单对上号。

当我们进行年度旅行，挨家挨户拜访伯母姨母时，我竟有幸成为口头禅，如是一句启应祷文被重复着："唔——乔纳森上私立学校了，你看看。"天哪，我与众不同了。突然之间我跳出了"孩子们"的行列，有头有脸地俯视众小了。我可以在玫瑰学校与我的老朋友们无遮无拦地讲话了——那些个平常小男孩儿，只配玩玩足球，星期天还得按部就班去——如果他终究要去的话——非国教堂做礼拜。

在我参加的按手礼礼拜仪式上，奇切斯特主教宣讲了保罗《使徒书》至《以弗所书》的经文：

我因此，主的囚徒，奉劝你们：

既然奉召，你们行事做人就要与天职相称。

那一年，谁行事做人都没有我值得。我早已在培养我的"奉召"，定时与上帝交谈。我身着想象中的弥撒祭服"行事做人"，一个特殊的光环隐约可见地闪现在我的周遭。

如同我父亲指出的，把我送进私立学校，分明意味着种种牺牲——巨大的牺牲。我的母亲不能去买衣服穿了；我的兄弟们只得捡别人的旧衣服穿；既然吸烟要花钱，我父亲不得不郑重考虑把烟斗放弃了。这一切令人于心不忍。我生活在一种受迫害的利己主义的不断膨胀的泡影里，这是不争的事实，可是我突然感觉到这一切牺牲的结果也许会是我把大家都拖垮了。

到了夜里，我拼命想见自己从橄榄球扭夺中脱身而出，直奔球场触分线，为我们的"学校之家"赢得分数；但是这幅想见图画从来没有成为现实。当我的父亲谈论名声在外的"家族精神"时，我便会为一种挥之不去的影像纠缠不已，那便是我自己窝窝囊囊地东躲西藏，一脸愧色，难以入围。我总成为无论哪一方最后挑到的那一个。私立学校真的能改变这种局面吗？我不遗余力地相信能够如愿以偿，但是一些现实主义病毒又让我产生怀疑。我确实觉得天生我材必有殊用，但是我的天分却与教士有些缘分，偏爱独处；我生来不适合团队竞赛。我目下装着看不上眼的那类孩子，我实际上发怵——我的同龄人住在大屋大子的景象委实有些吓人。我开始疑心我有我的种种局限，我对奇迹的信仰发生了动摇。一方面是爱德华爵士将军以及他阵营里的老战友，一方面是旧衣服和磨损的裙子，我在这两种境况下离家去国王私立学校上学，我有一种被戏弄的感觉，即我才是甘愿牺牲的人。

在寄宿学校受苦受难的记忆却是另一回事——不过哪一种记忆也很难令人置信。我十一岁去上住寄宿学校；离开那里时正好十六岁；这五年间我真是生不如死；过得很不称心。无非是老一套。到了节假日，我回到家把我的无所适从的弟弟们揍得青一块紫一块。我是他们的班；他们是我的当值新生。正因如此，我能够独享家里的一些利益，去上私立学校。

我们的家庭生活似乎充满了反常现象和恶劣发作。问题就发生在我父亲的岁数上———一会儿他像孩子，一会儿他成了暴躁的家长。我们的实际环境与我们的秘密显赫极不相称。我们让人说成属于优越的维多利亚时期的这种家庭与我日常生活的风雨飘摇的混乱状况，二者之间的冲突经常发生。我们受教育不够，我们缺钱花，我们风度欠缺；我们越是缺乏这些东西，我们内心的自尊便越高。在国教教会，在我们不断搬进牧师住宅的过程中，我们为我们私下家庭的悖论找到了一种客观的相互关联的东西。

在二十世纪五十年代，英国国教自从乔治·赫伯特做教区牧师以来变化还不是很大。它还没有受到"存在主义神学"或者"领袖魅力运动"那种颓废的愚蠢行为的冲击。它仍然依靠"牧师的终身职位"和这样的观念；牧师仅次于乡绅和医生，排位第三。即使在城区的居民区内，虽然一座座耸立其中的教堂没有来得及被视为神圣便被纷纷推倒，遭到洗劫，但牧师在人们眼中仍然像在农村里的样子。教会受到住宅区各种权威的友好相迎，这大概是因为人们觉得它可以把"群落"那种活泼的乡村气息引进到这些上帝摒弃的地方。让一名戴着项圈形胶领、身着黑袍法衣的满脸放光的牧师走在丘古尔新月街或者凯恩斯路上，你差不多就创造出了另一个醉步跟跄的人物形象。在某种意义上，牧师就像花钱养一个异物。如同我们的家族，教会曾有过辉煌的历史，但是已经在走背字了。如同我们的家族，教会得以支撑的只是它自己内在的道德和器量，面对的却是人世间百分之九十芸芸众生的彻底漠视。如同我自己的脸一样，教会的公共面孔是受了伤害的凛然不可侵犯的那种。

我的父亲得到了温切斯特城外居住区的副牧师职位。从一开始，列祖列宗们被挪进了一所市区住房里，不屑一顾地在拥挤的起居室餐厅里过起平民的日子。他们也许早已认识到更糟糕的境况。长期受苦受难做牛做马的人们，他们的学校，如同我的学校一样，已叫他们为临时营房和帝国的军事基地做好准备。韦克庄园颇像一座印度的山间火车站，粗糙的粮食，蹩脚的建筑，更谈不上什么社交活动了。我们全部拥有其作品———一色万字饰版——的一位作家，正好就是吉卜林，看来并不是偶然的。

牧师住宅是一座海岛。人们一生中有值得庆祝的大事时便来到这里——受洗礼、结礼和葬礼。要么，他们遇上人生挫折也会来这里：走南闯北历尽千辛的流浪汉来寻求轻柔的触摸；弄大肚子的姑娘被阴沉羞惭的父母拉到这里；动不动哭天抹泪的中年妇女；许多影子一样的人在我父亲书房紧闭的门后喁喁私语，声音中带着忏悔。他们来到这所住宅时行动举止都很正规；他们往往会把自己最好的衣服穿上来这里。人们从一个牧师那里想得到什么呢？毫无疑问，是理解，而不是悠闲和亲近。在我看来，他们中大多数人觉得只是有师能够让一桩苦涩的私人伤害和过失深藏不露——以那种他们喜欢伤害或过失相匹配的严肃和尊严深藏起来。

我父亲对我似乎变得冷淡和保持距离了，他仿佛发现我们爷俩的生物上的联系是一种难堪的东西。但是对他的教区居民，他却能够表示体恤之情，甚至一腔热情，而且是同情还是热情要看横在他与他们之间的礼节上的距离。身着便服时，他往往摆出严厉和粗鲁的样子。一旦黑袍法衣加身做起牧师，他便变得和蔼可亲，体谅别人。这些他在牧师身份之外的不得体表现正好能够使他成为一个优秀的牧师。我结交的一些人告诉我，说他们对我父亲仰慕有加，心存感激，认为他是一个天大的好人。

然而，在这段时间，在我眼里他是一个不折不扣的"化身博士"。我看他根本就是一个虚伪的演员。下了舞台，他永远易急易怒，永远吞咽阿司匹林，永远没有人敢打扰他。他的书房——圣布鲁诺斯粗叶烟雾里堆放着乱七八糟的纸件——是我被召见的地方，马拉松式的系列面试别别扭扭，有时还泪水淋淋，偶尔剑拔弩张。有一次我试图把他打倒在地，而且我记得他吓得不轻，瘫倒在教区的杂志堆里，终于躲不及把脑壳撞在复印机上。不过这也许只是一种恋母情结式的想入非非。恐怕实际上发生的情况是，我一脸惊恐之色，两腿软瘫的也是我——哭着泣着直求饶。不过，一般说来，这些对峙遵循了一种模式，冷冰冰的，如同一盘象棋开局一样一成不变。我站着，我父亲坐着，沙沙翻着报纸，或者装着烟斗。他直视着我身边的窗户，尽量合乎逻辑地数落我的不轨行径（可怕的学校报告单，傲慢，在家里懒惰，关于女孩子的传言）。最后的交代一如既往。

"我担心你的麻烦在于……老儿子呀……在于你这副样子除了你想着自己，其他什么都不想。"

长而又长的停顿。烟袋锅里烧焦的烟丝哔哔剥剥发响。一声无奈的呻吟从我父亲那里传来。

一声单调咕哝声从我这里传出去。

"你说什么？"

"对不起。"

"对不起——对不起什么？"

"对不起……爸爸。"

又是停顿，而我父亲一脸悲哀地注视着窗外的儿童沙滩景致、迷途的狗和翻倒的三轮童车。

"我多希望你能努一把力呀。"

我弄不明白他到底要我怎么做。为我上学做出的种种牺牲谁都看得见。我父亲的衣服穿得成了青蝇翅儿。他的鞋子绽裂开了。而我在上私立学校。更糟糕的是，我知道我错了，也许甚至走向了邪恶，还好意思谴责他虚伪。他就在我面前，为了我他耗尽自己，在教区里累得筋疲力尽；一个人三分之二的生活都过得像一个活生生的圣徒，我还有什么权利要求更多呢？这进一步说明我自己的自私，仿佛还需要更多的什么。通过翻看一本关于心理学的企鹅版书，我诊断我成了一个精神变态患者。

这所牧师住宅成了若干人的避难所，随着社会灾难多多，他们都是受到伤害的被免职的人。他们中多数人都在不应该的岁数或者不合适的人生阶段被推进了生活困境——正像我们家一样。学校女教师、社会工人、地方保姆，他们在家的周边转悠，带着些小礼物不声不响地溜进屋子，待到夜里很晚，一直和我父亲说话。走得最近乎、最黏糊的是些冒出来的八竿子打不着的阿姨大妈们，她们专爱在这住宅里没事找事，对着我的弟弟们啧啧称乖，"帮帮"我母亲，或者与我有一搭没一搭地没话找话说，一直等着我的老爸身穿拖至脚后跟的黑色法衣，带一身风尘走回家来。

"你好啊，亲爱的！"从摆在角落的那些莫里斯牌镜子里看清了家里的情况，他立时带出迎人待物的精神头，穿过起居室落地窗户。他一如既往地发现了潜伏在家里的阿姨大妈们，露出喜出望外的神情。

"啊，是埃尔斯佩思！"要是斯托布里奇小姐，或者是温纳尔小组，或是克劳利小姐，清一色穿着花呢衣服，则会用有点惊诧的尖嗓子接话道："哦，瞧瞧，彼得回来了！"——仿佛他们的会面是一次纯粹的偶然相遇。我所在的楼上房间，我往往会听见我的父亲"唔唔……唔唔……是啊……是啊……是啊……哦，亲爱的。哈，哈，哈。"应酬着，接下来这位频频造访的不请自来的阿姨就谁都不认了，只认我的父亲和邻居的狗。

更晚些时候，等她们走了，我听见了我母亲的声音。"唉，可怜的老埃尔斯佩思呢——好可怜的人儿！"我的父亲听到答话说："恐怕这位是真有麻烦了……"

社会工作者与他的客户打交道有一些正规的限制。但是对一名牧师来说，什么事情都没有界限。前来找我父亲的人们所寻求的保证，是医生或心理学家所无法提供的。这话是说，不管谁来这牧师住宅——哪怕那些打着我父母的朋友名义来的——他们都是以老弱病残和受害者身份出现的。那些一次又一次来访的人都有一腔苦水要倾倒，却不明不白，治愈不了。它们是些精神上的麻烦——各种弱点和抱怨，对此只有耶稣复活这一信条才是良药。我父亲将自己置于"寂寞芳心小姐"的位置，但他与起纳撒内尔·韦斯特小说中那位专栏作家相比，却更感到自豪，不会说那么多愤世嫉俗的话。他把我们家的门向这个世界打开，他对这个世界的看法是一种同情的恩赐态度。

"我们住在这牧师住宅里……"

"是牧师住宅家庭……"

"作为牧师住宅的儿子……"

我父亲的讲座总是用这些套话引出正文来。他期望我们努力做出榜样。我们家关于道德和社会礼节的标准——与我们生活其中的本地人的标准不一样——父亲认为应当高于批评或者同情。

父亲另一句口头禅是"知道傻子的人总是比傻子知道的多哪";我在市区住宅走动，分明感觉到窗帘后处处是探头探脑的人。我滑了一跤以及我父亲在他的教区的身份，都会遭来窃窃议论。在这住宅区如同在橄榄球场院上，我什么时候都会让我们家的人难堪。到了十三四岁，因为和青年俱乐部我这样年龄的男孩相处得不是特别好，我常常在父亲走访的路上走了个面对面时假装没有看见他。他误会了我的这种举动，认为我在故意"回避"他。我没有那意思。我只是羞于让人看见与他教区有麻烦的家庭的孩子表示亲近——正如他指出的，那些孩子享受不到我的种种优越，他们缺东少西，显然值得同情，而不是不辨是非的来往。

在教区很远的边缘地带，一座座住宅坐落在路旁，映掩在树木和杜鹃花里，有头有脸的群体生活在这里。如同我们的列祖列宗，他们是退休的上校和指挥官，海军将官和陆军将军。他们的子女都上寄宿学校。他们的宅邸散发着花香，有干雪利酒和打蜡的地板。他们不是有麻烦的家庭；我们应邀拜访他们时感到不自在，如同穷亲戚，使出浑身解数提起脚尖走过人家化哨的碎石小路。用不了十五分钟，我便会与他们的女儿出现在住宅后的草坪上，彼此有点不好意思地干站着，把脚后跟蹭来蹭去，友好地递着微笑。

"你打网球吗？"

"不打。"

"哎，多遗憾。亨利在这里时，我们天天打网球。可是亨利在达特默思，你知道。"

"唉，多不巧。"

"妈妈说她以为你能打网球的。"

"我多不争气吧。"

"唔——别说什么不争气！"

拼命陪着人家玩。打发走一小时，我们便会去那些无人光顾的树上小屋，像一对殡仪员忙完一天的活儿去看望一处墓地。

"喂，你听见过铃声响吗？"

"我好像没有吧。"

"我敢打赌……看起来霍金斯太太一定把茶点准备晚了。我怕你玩得很不带劲儿吧。"

"哦，不！不，不，真的不！"

"你参加YF吗？"

"呃……我想没有吧。"

"啊，铃声响了。太好了。"

后来，到了二十世纪五十年代中期，突然之间许多铃声开始鸣响起来。第一声铃响是弗兰基·列农唱起"我不是一个失足的少年"，我认为曾一度上升到了最新流行歌曲的首位。比尔·哈利和他的"彗星组合"首次在英国巡回演出，而且在我所上学的伍斯特市《绕钟摇摆》一曲在高蒙特剧场演出后，几乎找不到一个完整的座位了。我读了《愤怒的回顾》、乔伊斯的《一个青年艺术家的画像》以及阿努伊的《安提戈涅》，在某种程度上变着法儿将它们搅拌成一部作品，我是其中的主人公。

克里斯·巴伯乐队在演出，彪利乌爵士乐节在举办。核裁军运动成了运动，这在我看来是学生联合军训队的胜利结束。你一下子能够把自己看作一代人的一员，而不是家庭中的一员；一代人让我有了各种新的标准，比起彼得舅舅的那一套还要解放得多。好像一夜之间我的负数统统变成了正数。这一代人比我更厌恶我的列祖列宗；它看不上团队比赛；它的主人公抑郁寡欢、病态在身的遁世者，就像朱利耶特·格雷科处于死人面模阶段。

到了十六岁时，我发现我与父亲的关系中那种初期混乱原来一直是这场即将到来的革命的一场主要战役。我成了获胜的一方。这好像在家庭较量中我梦想获胜得分的愿望成了事实。我们爷俩继续发生争吵——比如我在家里用餐时戴着核裁军运动徽章，比如把那份报纸带到这个家里。（《新政治家》进了牧师住宅）

比如关于女孩子们（"莫不是你真的要让你妈妈相一相的女孩吧，嗯？"），又比如我的裤子臀部的宽度（十八寸还说得过去，可是十六寸就是"无赖青年"的作为了）。不过，通过这些较量，我现在也能带出一种拒人千里之外的优越表情了。在一个旁观者看来，也许会把我们爷俩看成一对争吵不休的镜中人——两张玻璃脸在用同一种老学究的口气讲话。

我对自己青春期的令人着迷的过程过分专注，情不自禁地注意到我的父亲也已经开始听到了叮当的铃声。有些事情发生了。也许那就是在教区周遭发生的，因为他还是卷入了别人生活的纷争，最终无法保持距离了。也许那是因那些当地名士新贵认为教会只是他们自己家起居室的延伸，他因此与人家发生小规模冲突，各种困难令他难以应付了。也许有那么一天碰巧走出了家庭的压抑的阴影，发现天空更清澈，行动更随便。不管怎样吧，他改变了。第一件产生变化的事情是他的国教高教会派，他渐渐放弃，转而赞同一种基本的、普遍的基督教。

在六十年代某些时候，他放弃了他家传的保王主义，成为一名工党拥护者。他把汉普郡乡村生活转换成了南安普顿楼房林立的大教区生活。他那种寻祖的热情转变成了研究社会历史的兴趣。有一年过假期，他蓄起了胡子，猛然看去仿佛紧身马甲上的一排扣子露出了什么东西。

我写下他这些好像他死了——又是恋母情结式的想入非非。但是我们现在见了面，我很难找出我记忆中作为我父亲的那个男人的影子。列祖列宗们依旧悬挂在他牧师住宅的墙壁上，但是眼下他们只有祖传下来的破铜烂铁的遗风了，已然失去了他们让人入魔的力量。我们爷俩的谈话随便起来。我们都认为自个儿是我们家族培养的牺牲品——也是受惠者。他做教士需要独处，我写作需要独处，这是一种共享的遗产：我们爷俩都不得不学会在社会里独处，修炼我们奇特的、异常的技能。也就是在十年前多一点，我们爷俩突然意识到我们是同一家族躯干上的碎片——而且我认为这一发现让他吃惊，也让我吃惊。当我把这篇文章的长条校样让我父亲过目时，他看后说："你在这里所写下的东西，倒真的是代表我在做忏悔呢。"

这篇东西当然是代表我做忏悔。看着那另一个男人，我不由想到他也许是我自己一相厢情愿的发明物。当初我三岁时在草坪上把他想象成一个妒忌的防范的虚构人物了吗？我让这个虚构人物消失只是在我长大离家并且对做父亲的不再惧怕之时吗？

也许吧。我不知道。"文章里有些夸大的成分——我觉着。"我父亲说，把我的长条校样还给我。恐怕难免有夸大的东西吧。

（韩终莘 译）